EL LIBRO VACÍO

LECTURAS 42 MEXICANAS
SEGUNDA SERIE

Lecturas Mexicanas divulga en ediciones de grandes tiradas y precio reducido, obras relevantes de las letras, la historia, la ciencia, las ideas y el arte de nuestro país.

JOSEFINA VICENS

El libro vacío

sep

Primera edición: 1958

Primera edición en Lecturas Mexicanas: 1986

Producción: SECRETARÍA DE EDUCACIÓN PÚBLICA
Dirección General de Publicaciones y Medios

D.R. © 1986, de la presente edición
Consejo Nacional de Fomento Educativo
Av. Thiers No. 251, 10° piso
México, D.F. C.P. 11590

D.R. © 1958, Josefina Vicens

Impreso y hecho en México, D.F.

ISBN 968-29-0210-X

**CARTA PREFACIO
DE OCTAVIO PAZ**

Recibí tu libro. Muchas gracias por el envío. Lo acabo de leer. Es magnífico: una verdadera novela. Simple y concentrada, a un tiempo llena de secreta piedad e inflexible y rigurosa. Es admirable que con un tema como el de la "nada" —que últimamente se ha prestado a tantos ensayos, buenos y malos, de carácter filosófico— hayas podido escribir un libro tan vivo y tierno. También lo es que logres crear, desde la intimidad "vacía" de tu personaje, todo un mundo —el mundo nuestro, el de la pequeña burguesía—. ¿Naturalismo? No, porque las reflexiones de tu héroe, siempre frente a la pared de la nada, frente al muro del hecho bruto y sin significación, traspasan toda reproducción de la realidad aparente y nos muestran la conciencia del hombre y sus límites, sus últimas imposibilidades. El hombre caminando siempre al borde del vacío, a la orilla de la gran boca de la insignificancia (en el sentido lato de esta palabra). Y aquí deseo anotar una reflexión al vuelo: literatura de gente insignificante —un empleado, un ser cualquiera—, filosofía que se enfrenta a la no-significación radical del mundo y situación de los hombres modernos ante una sociedad que da vueltas en torno a sí misma y que ha perdido la noción de sentido y fin de sus actos: ¿no son estos los rasgos más significativos del pensamiento y el arte de nuestro tiempo? ¿No es esto lo que se llama el "espíritu de la época"?

Rescatar el sentido de la historia (personal o social, vida íntima o colectiva), enfrentar la creación a la muerte, la ruina, el parloteo y la violencia: ¿no es una de las misiones del artista? Eso es lo que tú has real - zado en *El libro vacío* (más allá de las imperfecciones o debilidades que los diligentes críticos encuentren en tu obra). Pues, ¿qué es lo que nos dice tu héroe, ese hombre que "nada tiene que decir"? Nos dice: "nada", y esa nada —que es la de todos nosotros— se convierte, por el mero hecho de asumirla, en *todo*: en una afirmación de la solidaridad y fraternidad de los hombres. Y así, un libro "individualista" resulta fraternal, pues cada hombre que asume su condición solitaria y la verdad de su propia nada, asume la condición fatal de los hombres de nuestra época y puede participar y compartir el destino general.

Y ahora quiero confiarte algo personal: la imposibilidad de escribir y la necesidad de escribr, el saber que nada se dice aunque se diga todo y la conciencia de que sólo diciendo *nada* podemos vencer a la nada y afirmar el sentido de la vida, yo también, a mi manera, lo he sentido y procurado expresarlo en muchos textos de *¿Aguila o Sol?* y en algunos poemas de otros libros. No digo esto por vano afán de precisión literaria sino por el simple placer de señalar una coincidencia. Ahora que reina en tanto espíritu la discordia y la ira divisora, es maravilloso descubrir que coincidimos con alguien y que realmente hay afinidades entre los hombres. Creo que los que saben que nada tienen lo tienen todo: la soledad compartida, la fraternidad en el desamparo, la lucha y la búsqueda.

Gracias de nuevo por *El libro vacío*, lleno de tantas cosas, tan directo y tan vivo.

Septiembre de 1958

*A quien vive en silencio,
dedico estas páginas, silen-
ciosamente.*

No he querido hacerlo. Me he resistido durante veinte años. Veinte años de oir: "tienes que hacerlo..., tienes que hacerlo". De oírlo de mí mismo. Pero no de ese yo que lo entiende y lo padece y lo rechaza. No; del otro, del subterráneo, de ese que fermenta en mí con un extraño hervor.

Lo digo sinceramente. Créanme. Es verdad. Además, lo explicaré con sencillez. Es la única forma de hacérmelo perdonar. Pero antes, que se entienda bien esto: uso la palabra perdonar en el mismo sentido que la usaría un fruto cuando inevitablemente, a pesar de sí mismo, se pudriera. El sabría que era una transformación inexorable. De todos modos, creo yo, se avergonzaría un poco de su estado; de haber llegado, cierto que sin impurezas originales, a una especie de impureza final. Es algo semejante, muy semejante.

Al decir "hacérmelo perdonar", me refiero

al resultado, pero no al tránsito, no al recorrido. Hay algo independiente y poderoso que actúa dentro de mí, vigilado por mí, contenido por mí, pero nunca vencido. Es como ser dos. Dos que dan vueltas constantemente, persiguiéndose. Pero, a veces me he preguntado: ¿quién a quién? Llega a perderse todo sentido. Lo único que preocupa es que no se alcancen. Sin embargo debe haber ocurrido ya, porque aquí estoy, haciéndolo.

¡Ah, quisiera poder explicar lo patético de este enlace! No sé si es esta mitad de mí, esta con la que creo contar todavía, esta con la que hablo, la que, agotada, se ha sometido a la otra para que todo acabe de una vez, o si es la otra, esa que rechazo y hostigo, esa contra la que he luchado durante tanto tiempo, la que por fin se yergue victoriosa.

No sé; de todos modos es una derrota. Pero tal vez una derrota buscada, hasta anhelada. ¿Cómo voy a saberlo ya? Sé que solamente bastaría un momento, este, o este, o este... cualquier momento. Pero ya han pasado varios; ya han pasado los que gasté en decir que podrían ser los finales. Bastaría con no escribir una palabra más, ni una más... y yo habría vencido.

Bueno, no yo, no yo totalmente; pero sí esa mitad de mí que siento a mi espalda, ahora mismo, vigilándome, en espera de que yo ponga la última palabra; viendo cómo voy alargando la explicación de la forma en que podría vencer, cuando sé perfectamente que el explicar esa forma es lo que me derrota.

No escribir. Nada más. No escribir. Esa es la fórmula. Y levantarme ahora mismo, lavarme las manos y huir. ¿Por qué digo huir? Simplemente irme. Tengo que ser sencillo. Debo irme. Así no tengo que explicar nada. Debo poner un punto y levantarme. Nada más. Un punto común y corriente, que no parezca el último. Disfrazar el punto final. Sí, eso es. Aquí.

Eso es, pero ¿para quién? Deseo aclarar esto. (Es sólo un pequeño, momentáneo retorno, después me iré.) Yo no quiero escribir. Pero quiero notar que no escribo y quiero que los demás lo noten también. Que sea un dejar de hacerlo, no un no hacerlo. Parece lo mismo, ya sé que parece lo mismo. ¡Es desesperante! Sin embargo, sé que no es igual. Por lo contrario, sé que es absolutamente distinto, terriblemente distinto. Porque el dejar de hacerlo quiere decir haber caído y, no obstante, haber salido de ello. Es la verdadera victoria. El no hacerlo es una victoria demasiado grande, sin lucha, sin heridas.

¡Ahí está otra vez! Es lo que pasa siempre. Después de escrita una cosa, o hasta cuando la estoy escribiendo, se empieza a transformar y me va dejando desnudo. Ahora pienso que lo importante, lo valioso sería precisamente no hacerlo. Esa lucha, esas heridas de que hablé antes tan... ampulosamente, no son más que el escenario y el decorado de la actitud.

¿Para qué voy a emprender una batalla que quiero ganar, si de antemano sé que no emprendiéndola es como la gano?

Es mucho más fácil: sencillamente no escribir.

Pero entonces resulta que queda en la sombra, oculta para siempre, la decisión de no hacerlo. Y esa intención es la que me interesa esclarecer. Necesito decirlo. Empezaré confesando que ya he escrito algo. Algo igual a esto, explicando lo mismo. Perdonen. Tengo dos cuadernos. Uno de ellos dice, en alguna parte:

Hoy he comparado los dos cuadernos. Así no podré terminar nunca. Me obstino en escribir en éste lo que después, si considero que puede interesar, pasaré al número dos, ya cernido y definitivo. Pero la verdad es que el cuaderno número dos está vacío y éste casi lleno de cosas inservibles. Creí que era más fácil. Pensé, cuando decidí usar este sistema, que cada tres o cuatro noches podría pasar al cuaderno dos una parte seleccionada de lo que hubiera escrito en éste, que llamo el número uno y que es una especie de pozo tolerante, bondadoso, en el que voy dejando caer todo lo que pienso, sin aliño y sin orden. Pero la preocupación es sacarlo después, poco a poco, recuperarlo y colocarlo, ya limpio y aderezado, en el cuaderno dos, que será el libro.

No; creo que no lo haré nunca.

Me sorprende poder escribir: "creo que no lo haré nunca". Pero esta noche estoy tranquilo, sereno, resignado mansamente al fracaso. También me sorprende poder escribir la palabra "mansamente", aplicándola a mí mismo, porque la tenía reservada para mi madre. Pensaba: cuando yo la describa en alguna parte del libro, usaré varias veces el término "mansamente". A costa de esa palabra tengo que revelarla. Para mí había preparado otras. Hoy no importa usar aquélla. Esta noche soy verídico. (No me gusta esta última palabra: es dura, parece de hierro, con un gancho en la punta. En el cuaderno dos la suprimiré.) Soy sincero. Esta noche soy sincero.

Sé que no podré escribir. Sé que el libro, si lo termino, será uno más entre los millones de libros que nadie comenta y nadie recuerda. A veces repito mi nombre: José García. Lo veo escrito en cada una de las páginas. Oigo a las gentes decir: "el libro de José García". Sí, lo confieso. Hago esto con frecuencia y me gusta hacerlo. Pero de pronto, violentamente, se rompe todo.

¡Qué absurdo, Dios mío, qué absurdo! Si el libro no tiene eso, inefable, milagroso, que hace que una palabra común, oída mil veces, sorprenda y golpee; si cada página puede pasarse sin que la mano tiemble un poco; si las

16

palabras no pueden sostenerse por sí mismas, sin los andamios del argumento; si la emoción sencilla, encontrada sin buscarla, no está presente en cada línea, ¿qué es un libro? ¿Quién es José García? ¿Quién es ese José García que quiere escribir, que necesita escribir, que todas las noches se sienta esperanzado ante un cuaderno en blanco y se levanta jadeante, exhausto, después de haber escrito cuatro o cinco páginas en las que todo eso falta?

Hoy descanso. Hoy digo la verdad. No podré escribir jamás. ¿Por qué entonces esta necesidad imperiosa? Si yo lo sé bien: no soy más que un hombre mediano, con limitada capacidad, con una razonable ambición en todos los demás aspectos de la vida. Un hombre común, exactamente eso, un hombre igual a millones y millones de hombres. ¡Ah, quisiera que alguien me contestara! ¿Por qué entonces esta obsesión? ¿Por qué este dolor desajustado? ¿Por qué un libro no puede tener la misma alta medida que la necesidad de escribirlo? ¿Por qué habita esta espléndida urgencia en tan modesto, oscuro sitio?

Pensé que era fácil empezar. Abrí un cuaderno, comprado expresamente. Preparé un plan, hice una especie de esquema. Con letra de imprenta y números romanos, muy bien dibujados, puse: Capítulo I.—Mi madre. Pero inmediatamente sentí el temor. No, no puedo comenzar con eso. Parecería que como no tengo nada importante qué decir empiezo por los primeros pasos, por el balbuceo. Pensarían que para no caer me aferro a la falda de mi madre, como cuando era niño.

Así, para poder escribir algo, tuve que mentirme: escribo para mí, no para los demás, y por lo tanto puedo relatar lo que quiera: mi madre, mi infancia, mi parque, mi escuela. ¿Es que no puedo recordarlos? Los escribo para mí, para sentirlos cerca otra vez, para poseerlos. El niño, como el hombre, no posee más que aquello que inventa. Usa lo que existe, pero no lo posee. El niño todo lo hace al través de su involuntaria inocencia, como el hombre al través de su congénita ignorancia. La única forma de apoderarnos hondamente de los seres y de las cosas y de los ambientes que usamos, es volviendo a ellos por el recuerdo, o inventándolos, al darles un nombre. ¿Qué sabía de mi madre cuando tenía yo nueve años? Que existía, solamente. "Mamá está durmiendo…, mamá ha salido…, mamá se va a enojar..." Eramos entonces demasiado reales, demasiado actuales para poder darnos cuenta de lo que éramos y de cómo éramos.

Pero claro, yo mentía deliberadamente. No escribo para mí. Se dice eso, pero en el fondo hay una necesidad de ser leído, de llegar lejos; hay un anhelo de frondosidad, de expansión. Entonces pensé que no podía usar situaciones y sentimientos personales que reducirían, que localizarían el interés. Y empezó la lucha por atrapar el concepto, la idea amplia, de entre el montón de paja acumulado en mi cuaderno número uno. Es lo difícil. Del párrafo anterior, por ejemplo, me gusta esto: "regresar, por el recuerdo, para poseer con mayor conciencia lo que comúnmente sólo usamos". Pienso: ¡en torno a esto, en torno a esto hay que poner algo! Pero la frase se me queda así, seca, muerta, sin el calor que tiene cuando la empleo para justificarme.

Alguna vez creí que no era bueno el sistema de tener dos cuadernos. Para el número dos no encontraba nada digno, nada suficientemente interesante y logrado. Tiene que ser directo, decidí, y me puse a escribir con valor, sin titubeos, resuelto a empezar. Al día siguiente tuve que volver al antiguo método. Sólo había escrito:

"Estoy aquí, tembloroso, preparado, en espera de la idea que no llega. Es un momento difícil. Al principio uno no sabe cómo hacer para atrapar a los lectores desde la primera palabra. A los lectores o a uno mismo. Uno puede ser su lector, su único lector, eso no tiene importancia. Escribo para mí; que quede bien entendido.

Escucho con avidez los ruidos de la casa; dirijo la mirada a todas partes. De alguna tendrá que venir una sugestión, un recuerdo, una voz..."

¡Los ruidos! ¿Qué puedo recibir de ellos, conocidos hasta el cansancio? Hay uno: el murmullo tierno de una mujer que va y que viene haciendo cosas mínimas. Por el número de pasos sé perfectamente en dónde se encuentra y a dónde se dirige. En la cocina, el discreto ruido personal se acompaña de otro, peculiar y molesto. Parece que el simple hecho de que alguien entre en la cocina pone en movimiento los platos, los cubiertos, la llave del agua. Hay un tintineo y un gotear enervantes. Además, fatalmente, algo cae. Menos mal si se rompe, porque entonces el ruido termina pronto y tiene una especie de justificación dramática. Lo terrible es cuando caen esas tapas de peltre o aluminio que siguen temblando en el suelo, en forma ridícula, y que no sufren daño alguno con el golpe. Es inevitable; cuando ella entra a la cocina tengo que permanecer quieto, prevenido para que no me sorprenda el estrépito. Esto me hace perder tiempo pero, debo decirlo, en el fondo me agrada encontrar una excusa para quedarme un rato en blanco, para legalizar un momentáneo descanso."

Eso era todo. Naturalmente no lo utilicé. No tiene interés. No sé cómo empecé a hablar de esos ruidos domésticos que de tan oídos nadie escucha ya. Salió tal vez por el miedo que tengo a lo que ocurre después: ella que se acerca y entra en mi habitación secándose las manos. Luego, todavía húmedas, las pone sobre mi cabeza, y pregunta, como todas las noches:

—¿Estás cansado?

Antes de oir mi respuesta lanza una mirada al cuaderno, casi vacío. ¿Para qué ve el cuaderno? ¿Para qué me pregunta? ¿Cómo voy a contestarle que sí, que estoy rendido, exhausto de no haber escrito una sola línea? ¿Cómo lo va a entender si ella, mientras tanto, ha hecho una serie de cosas rudas; ha caminado por toda la casa, llevando, trayendo, lavando, limpiando…? ¿Cómo va a entender que esas cosas, que se pueden hacer pensando en otras, no agotan como las que no pueden hacerse ni pensando constante, profunda, desgarradoramente en ellas mismas?

Lo real, lo que se ve, no obstante, es que ella ha trabajado y yo no. Que ella viene a preguntarme si estoy cansado y que yo no sé qué contestarle. Entonces hago a un lado, rabioso, el cuaderno, me irrita su ternura y aun sabiendo que no existe, simulo percibir un fondo irónico en su pregunta, y contesto con violencia:

—¿Cansado de qué? Ya lo has visto, no he hecho nada. ¡Tú, en cambio, debes estar rendida! ¡Desde hace dos horas estás haciendo cosas importantes!

Permanece callada un momento. Después dice:

—Importantes no, pero hay que hacerlas... Y sí, estoy cansada. Buenas noches.

¡Ya está! ¡Ahora la vergüenza de haber sido injusto! La severidad, la razón, la eficacia están con ella siempre. Todo lo limpio y claro le pertenece. Es, ha sido toda su vida, un bello lago sin el pudor de su fondo. Se asoma uno a él y lo ve todo; lanza uno la piedra y puede contemplar su recorrido y el sitio en que por fin se detiene. No queda nunca zozobra ni duda; sólo remordimiento.

Y después buscar la reconciliación, dar la excusa... Lo mejor es recurrir a explicaciones comunes: fatiga, nervios. Aunque la realidad sea bien distinta. Me gustaría decirle:

—Te trato mal porque me molesta tu equilibrio, porque no puedo tolerar tu sencillez. Te trato mal porque detesto a las gentes que no son enemigas de sí mismas.

24

Pero... ¡cómo voy a decirle esto a quien vive sostenida por su propia armazón, alimentándose de su rectitud, del cumplimiento de su deber, de su digna y silenciosa servidumbre!

Pero tampoco puedo decirle:

—Perdóname, tienes razón. Te trato mal porque he pasado toda la noche empeñado en hacer algo imposible, superior a mis fuerzas... porque lo sorprendiste y me avergoncé.

No puedo porque provocaría una de esas escenas sentimentales que la obligan a decir cosas falsas, en las que ella no cree y que me dan la impresión de que me están untando pomadas en la cara:

—No lo tomes así, no te desesperes... ¡Claro que puedes escribir! Lo que pasa es que hoy estás cansado, mañana saldrá mejor, ya lo verás.

¡Mentira! En el fondo ella tampoco cree que yo pueda escribir un libro; ¡ni le importa que escriba o no! Es decir, no le importa lo que escriba. Le gustaría que pudiera hacerlo, pero sólo como forma de tranquilizarme. Tolo lo ve al través de mi cuerpo: mi peso, mi estómago, mi garganta... No se decide a interponerse directamente, pero tiene un sordo rencor porque intuye mi desaliento.

Un día se atrevió, el único:

—¡Deja ya esa locura, te estás acabando! ¡No sé por qué te empeñas en escribir!

¡La hubiera matado en ese momento!

Pero todo lo hace por mi bien, por lo que ella cree que es mi bien. Lo comprendo perfectamente; por eso es más difícil la situación, porque no puedo evitar tratarla con aspereza cada vez que me ve escribiendo y me interroga, creyendo halagarme.

Y después las explicaciones, las excusas, la vigilancia sobre mí mismo para no dejarme caer en la necesidad de ser consolado y confesarle lo que no quiero confesar a nadie. Entonces me da miedo hablar. Quisiera que bastara con acercarme a ella y mirarla profundamente. ¡Las palabras! Las palabras que tienen que explicarse, que matizarse, que contestarse. ¡Y pedirle perdón! Esto es lo que temo, porque entonces afirma sus ideas, que son justas, pero que no lo son. Esto lo entiendo yo. No puedo explicarlo.

Mi abuela me pidió perdón un día; un perdón tierno y altivo que no olvidaré nunca. Yo era su nieto preferido y merecía la distinción porque ella era mi abuela preferida. Cierto que no conocía a la otra, que vivía en España y que no me interesaba lo más mínimo, pero tenía buen cuidado de hacerlo notar:

—Mis hermanas dicen que tenemos otra abuelita..., la tendrán ellas..., para mí tú eres la única.

Lo decía para halagarla, pero cuando un día recibimos de España una carta de luto, anunciando que mi abuela había muerto, yo sentí un extraño remordimiento. Esto me hizo recordarla mucho más tiempo del que mis hermanas, que nunca la negaron, emplearon en olvidarla por completo.

Mi abuelita me decía unas cosas que cuando estábamos solos me gustaban, pero que me avergonzaban en presencia de mis hermanas o de los muchachos vecinos. Siempre me comparaba con flores. Parecía que no había belleza en el mundo más que en las flores. Pero eso daba a su ternura un tono excesivamente femenino, que yo no podía tolerar más que en la intimidad:

.—¡Mi rosita de Castilla, mi rosita de Jericó, mi botón de rosa!

Yo no me atrevía a pedirle que no me dijera en público esas cosas. Un día, sin embargo, fui rodeándola con preguntas:

—Abuela, ¿qué es Jericó?

—Jericó, hijo, es donde se dan las rosas más bonitas.

Seguramente ella no sabía dónde estaba Jericó, porque inmediatamente explicaba:

—Son unas rosas preciosas, lo dicen los libros. Tú eres mi rosita de Jericó.

—Pero... abuela. ¡No me digas así, por favor...!

No había forma. Ella se reía de estos brotes de hombría, me abrazaba y volvía a llamarme su rosita de Castilla, de Jericó y de otros lugares que ahora no recuerdo.

No puedo seguir. Ya siento en el ánimo de quien lea esto ese desprecio tolerante que suscita el que cuenta cosas que sólo a él interesan. Veo escritas, escritas por mí, esas frases cuyo recuerdo todavía me estremece, y que sin embargo se quedan desnudas, dulzonas, porque no tienen ya, ni puedo lograr que tengan al escribirlas, eso que las hacía respetables y conmovedoras: el temblor de los labios de mi abuela, su grave tono de voz; su negro vestido, pobre y digno; sus manos huesosas, sus gestos cansados. Yo lo sé; dicho así, todo esto no es más que una lista de características que no tienen sentido. Si me fuera posible dar la impresión exacta, conjunta, de lo que se desprendía de aquel porte, de aquella dignidad, de aquel olor especial, de aquel temblor, de aquellos trajes siempre de la misma hechura, de todo aquello que formaba su personalidad discreta, voluntariamente escondida. Si me fuera posible revelar lo que ella trataba de conservar oculto y que no obstante, por su fuerza, surgía con gran vigor; si todo eso me fuera posible, cualquier relato que sobre ella hiciera tendría la intensidad y la medida justas.

Pero así, no puedo hablar de ella. Sería como desmantelarla, como exhibirla sin recato alguno. No puedo hacerlo.

Me pidió perdón un día. Un perdón improvisado y tierno que no olvidaré nunca. Es todo lo que puedo decir.

Y creo que así continuaré, sin tener nada qué decir, porque lo primero que anoté con grandes letras, como una flecha que anunciara el peligro, fue: "NO HABLAR EN PRIMERA PERSONA". Eso arrastra inevitablemente al relato de cosas particulares, reducidas al tamaño exacto de la casa familiar, de los parientes cercanos, del barrio, del vecino. Yo pretendo escribir algo que interese a todos. ¿Cómo diría? No usar la voz íntima, sino el gran rumor.

¡Qué difícil es! Necesito una vía estrechísima. Necesito detenerme, detenerme constantemente.

Si el primer capítulo, que todavía no escribo, lo titulé "Mi madre", fue porque consideré que al describirla con fidelidad, quedarían explicadas muchas cosas de mí mismo, de mi madurez, que me interesa subrayar. Quise, precisamente por huir de mí, que ella me sirviera de clave, de signo inicial.

Necesito explicarlo. No es que deseara contar mi vida cronológicamente, con su raíz y sus frutos, principiando el relato asido a la falda de mi madre y terminándolo con mis hijos prendidos de la mano. ¡No, Dios mío! ¿Qué puede contar de su vida un hombre como yo? Si nunca, antes de ahora, le ha ocurrido nada, y lo que ahora le ocurre no puede contarlo porque precisamente eso es lo que le ocurre: que necesita contarlo y no puede. Pero no se trata de sucesos, de acontecimientos con fecha, personajes y desenlace. No. ¿Cómo decirlo? Se trata de escribir y entonces, necesariamente, hay que marcar un tema, pero más que marcarlo, porque no tengo el tema que interese a todos, hay que desvanecerlo, diluirlo en las palabras mismas. ¡Otra vez las palabras! ¡Cómo atormentan! La verdad es que yo no puedo inventar algo ni a alguien y entonces necesito llenar con palabras ese hueco, ese vacío inicial. Pero con tales palabras, tan convincentes, que no se perciba la existencia del hueco. Que no sea un ir poniendo, rellenando, dejando caer, sino un transformar, hasta que sin tema, sin materia, el vacío desaparezca.

Cierto que esta idea fue consecuencia de mi falta de imaginación. Mi propósito, al principio, era escribir una novela. Crear personajes, ponerles nombre y edad, antepasados, profesión, aficiones. Conectarlos, trenzarlos, hacer depender a unos de otros y lograr de cada uno un ejemplar vigoroso y atractivo o repugnante o temible.

¡Fue espantoso! Lo recuerdo como una pesadilla. Estaba obsesionado. Apuntaba frases que se me ocurrían de pronto y que —pensaba— quedarían muy bien, muy adecuadas para el momento en que "Elena emprendiera el viaje". Observaba en la calle, en los camiones, en el cine, las caras de la gente, para ir formando después, con aquella boca y esta nariz, los rostros de mis personajes. Si tenía la suerte de encontrar un notable rasgo físico, me sentía feliz y desde luego, con gran entusiasmo, empezaba a redactar el pasaje:

—"...era una nariz insolente que no quería mezclarse con el resto de la cara. Los ojos, la barba, la boca, los pómulos, iban siempre como persiguiéndola. En esa persecución envejecieron: la nariz era lo único joven en el rostro aquel..."

Y eso me parecía original. ¡Eso, tan recargado y tan absurdo!

A fuerza de desear que algunos de mis personajes resultaran simpáticos, los orillaba a decir constantemente cosas amables, hasta que de pronto me percataba de que al escamotearles la compleja totalidad del hombre, los privaba de vida. Incurría en el terrible defecto de subrayar, de extremar, creyendo que con ello daba vigor al rasgo. De allí salía que los protagonistas resultaran, naturalmente, falsos. Sucedía, además, que después de haber trazado, en mi opinión reciamente, el carácter de mi personaje, no sabía qué hacer con él. Yo hubiera podido moverlo si hubiera concedido que se pareciera a mi tío Agustín, por ejemplo, a quien conocí en lo íntimo y que era un sujeto bastante atractivo e interesante. Pero mi pretensión de crear, no de relatar o aprovecharme de tipos ya creados, me impedía esa concesión que juzgaba una deshonestidad. No se trataba de usar la experiencia y el conocimiento, sino la imaginación; una imaginación de la que carezco en absoluto, porque no pude, a pesar de todos mis esfuerzos, urdir una trama medianamente interesante. Como no pude, tampoco, lograr siquiera un escenario. Yo me daba cuenta de que era indispensable crear un ambiente adecuado y amueblarlo correctamente para que mis personajes se movieran con naturalidad, dando a cada uno su categoría y su atmósfera. Sí, era necesario. Pero yo no sé nada de estilos, de épocas. He tenido siempre una casa con modestísimas comodidades, que funciona y que se va llenando de objetos a medida que la familia aumenta, como sucede en la mayoría de los hogares. A veces, por excepción, se compra algo superfluo; casi siempre lo absolutamente indispensable. Por eso, al tratar de crear el ambiente, aparecía el obstáculo. Yo comprendía que "en la casa señorial de don Augusto de la Rosa" —un personaje al que inventé con gran esfuerzo— tenía que haber porcelanas y marfiles. Mas no era posible decir así, escuetamente, revelando poco refinamiento: "había porcelanas y marfiles". No; de una casa humilde se puede decir: "había un viejo sofá y tres sillas", y resulta muy bien, porque la pobreza de la descripción ahonda el dramatismo de la miseria que se pretende remarcar; la falta de adjetivos da una medida más justa a la pobreza del ambiente. Pero me parecía que la opulencia sólo podía ser descrita con lenguaje opulento y que las porcelanas y los marfiles merecían, por lo menos, una cita de su antigüedad y procedencia.

Mover exclusivamente a personajes de mi clase social y mis recursos económicos para que me resultara más fácil y exacto, era una ilegalidad, era tomar el camino trillado y conocido. Y ponerme a consultar libros especialistas para copiar fechas, dinastías, regiones industriales y otros datos, me parecía artificioso y deshonesto. De ese modo, en ningún ambiente lograba nada real: las casas de los ricos me resultaban desmanteladas, vacías, irrisoriamente adornadas con "lujosos" muebles y "finas" tapicerías, adjetivos que sólo revelan una absoluta ignorancia. Y las de clase media me resultaban igualmente irreales, por la vigilancia que ponía en no incurrir en la copia exacta de mi casa. En mi deseo de originalidad falseaba, imaginando, lo que hubiera salido bien con sólo observar y relatar después con sencillez.

Por todo eso no pude, claro está, lograr personajes vivos, ni argumentos interesantes, ni ambientes adecuados. Ahora lo digo así, con facilidad, libertado ya de la preocupación de conseguirlos. Pero durante mucho tiempo me empeñé angustiosamente, en interminables noches de esfuerzo continuo, en poner en situaciones absurdas a unos seres absurdos también, que no sentían, ni hablaban, ni gesticulaban como lo hacen los seres humanos; que si se enfermaban era siempre para morir; que si lloraban no era sencillamente porque vivían, como lloramos a veces los hombres, sino porque algo terrible y truculento les había acontecido; que no esbozaban una sonrisa por el recuerdo de un agradable suceso lejano, sino que tenían siempre una risa actual, provocada por lo que otro personaje había dicho tres renglones arriba; que no hablaban de cualquier cosa, que, por ejemplo, no escupían; que no hacían nada común, improvisado, instintivo.

Y no es que yo opine, en este momento, que la evidencia es lo más adecuado para lograr la realidad. No es que yo pretenda que para que un personaje resulte real tenga que escupir en público. No; es que comprendo que debe ser trazado con tan naturales y sueltos caracteres, que dé la sensación de que en cualquier momento puede escupir, aun cuando no lo haga durante todo el relato.

No logré nada. Esa es la verdad. Ahora no pretendo imaginar, no pretendo inventar. Sólo queda esta atormentada necesidad de escribir algo, que no sé lo que es.

Entro a este pequeño cuarto en el que escribo y tomo los cuadernos y la pluma con movimientos recelosos, mirando hacia todas partes, como si fuera yo un ladrón sin experiencia, un principiante.

En el fondo hay algo de eso. Soy un poco eso. Sólo un poco porque allí también me divido. Me robo a mí mismo. Como un ladrón, le robo una gota a mi seca convicción de no escribir; esa gota última que queda siempre cuando la resequedad acontece de afuera hacia adentro, y no al contrario. No sé si me explico. Quiero decir: cuando uno no se seca por sí mismo, sino por uno mismo. Secarse por sí mismo es carecer del elemento que humedece y conserva la frescura. Y secarse por uno mismo es hacer desaparecer voluntariamente ese elemento, extraerlo de uno para provocar la resequedad. En el primer caso nunca queda esa gota última; en el otro queda siempre, escondida, traicionando el propósito, lista para brotar, expuesta fácilmente al robo.

Y eso es lo que hago. Un "yo" se ha secado por él mismo, no por sí mismo, y el otro, que lo sabe, sabe también que siempre encontrará alguna forma de robarle su última gota. Cuando eso ocurre empiezan los dos a escribir.

Ya quisiera nombrarlos; poner un nombre a cada uno, igual que he puesto un número a cada cuaderno. Saber en cuál puedo confiar y de cuál debo defenderme. Porque a veces, el "yo" que hace lo que no quiero hacer, es al que en realidad amo, porque me desata de ese *no* terco y hermético al que estoy sujeto.

Y a veces al que admiro es al otro, al que trata de apretar sus nudos y poner llave a sus puertas. Pero ocurre que aunque los dos persigan propósitos distintos, siempre se encuentran en el mismo sitio: en un cuaderno donde uno escribe para explicar, para demostrar por qué no debe escribir, y el otro lo hace para negar el derecho a demostrarlo, si esa demostración requiere ser escrita.

Es bien claro; son sólo dos frases. Una: tengo que escribir porque lo necesito y aún cuando sea para confesar que no sé hacerlo. Y otra: como no sé hacerlo tengo que no escribir.

No obstante, las dos aparecen escritas. Una, por esa mano torpe, pero leal y modesta, a la que nunca he podido detener; y la otra por esa mano consciente y fría, que siempre toma la pluma segura de que lo hace por última vez y que de reincidir será únicamente para contrarrestar el impulso de su enemiga.

A esos dos "yo" quisiera ponerles nombre, familiarizarme un poco con ellos, tratarlos. En apariencia esto carece de sentido, puesto que son yo mismo. Pero es que en realidad, en cierto modo ya no forman parte de mí, ni uno ni otro. Parece que los dos se lanzan a lo suyo, apresurados, despiadados, y yo siento que me van dejando atrás.

En ocasiones es tan evidente y violenta su lucha, que me veo precisado a intervenir para apaciguarlos. Yo quisiera, naturalmente, darle la razón al que opina que no debo escribir. Y se la daría si lo dijera con lo único que eso puede decirse: con el silencio. Pero como quiere hacerse oir, cae en el procedimiento del otro, sólo que sin su humildad. Entonces es al otro al que me acerco, conmovido, porque comprendo que por lo menos usa su voz para decir lo que no sabe hacer, no para decir que no lo dice porque no sabe. En aquél veo una sinceridad, una expresión honesta y viva. En éste, que es el que tendría la razón si se callara, veo seriedad y conciencia, pero también cobardía. Lo terrible es que uno y otro saben lo mal que hacen al escribir sólo esto, sólo esto que no es nada y que ninguno de los dos puede remediarlo.

Hace un momento entró al cuarto mi hijo José. En muchas ocasiones viene a verme cuando estoy escribiendo; me hace preguntas y demuestra interés:

—¿Va muy adelantado tu libro, papá?

¡Adelantado! Me quedo pensando: ¿Cómo puedo adelantar en un libro rígidamente contenido para ocultar esta impotencia de escribir y ésta, mayor aún, de no escribir?

Mi hijo, claro, cree que cada nuevo renglón es un adelanto. No puedo decirle que cada nueva palabra es un machacante retroceso a la primera y que ésta es tan intrascendente e insegura como la última. Que ninguna tiene un sentido importante que la justifique y que todas juntas, las que ya están escritas y las que faltan por escribir, serán únicamente el burdo contorno de un hueco, de un vacío esencial.

—Es novela, ¿verdad, papá?

Y luego, con esa influencia cinematográfica natural a su edad:

—¿Acaba bien?

Lo he despedido violentamente. Abrió sus grandes ojos, asombrado. Confío en que no le habré hecho daño. Confío —¡qué vergüenza escribirlo!— en que deducirá con su joven imaginación generosa: "¡Los escritores son tan raros, tan distintos a los demás!" Y yo quedaré ante él, no como un padre injusto, sino original, a quien hay que tolerar porque es un escritor.

Tal vez lo cuente a sus amigos con un leve tono de orgullo: "¡Mi padre escribe; ya va muy adelantado su libro!" Y tal vez uno de esos amigos, hijo de un empleado o de un comerciante, sienta en el fondo cierta envidia y el deseo de que su padre también fuese escritor.

¡Qué fraude! Debería corresponder legalmente a su interés y decirle:

¡No soy escritor! No lo soy; esto que ves aquí, este cuaderno lleno de palabras y borrones no es más que el nulo resultado de una desesperante tiranía que viene no sé de dónde. Todo esto y todo lo que iré escribiendo es sólo para decir nada y el resultado será, en último caso, muchas páginas llenas y un libro vacío. No es una novela, hijo mío, ni acaba bien. No puede acabar lo que no empieza y no empieza porque no tengo nada qué decir. Tu padre no es escritor ni lo será nunca. Es un pobre hombre que tiene necesidad de escribir, como otro puede tenerla de beber. Sólo que éste lo hace y sacia la sed. A nadie da cuenta de ese acto que tiene un recorrido íntimo: nace, se cumple y muere en él; se llama embriaguez y se disfruta o se padece solo. Pero escribir es otra cosa. Escribir es decir a otros, porque para decirse a uno mismo basta un intenso pensamiento y un distraído susurro entre los labios. Y no se puede decir algo a los otros cuando se tiene la conciencia de que no se posee nada que aportar. Pero si la conciencia es lo suficientemente aguda para entender esto, no debería ser tan débil ante el apetito de decir y éste debería ser tan moderado que resultara posible vencerlo.

Y de allí nace la trampa. Como no puedo vencerlo, dejo vivir en mis hijos, en mi mujer, en mí mismo a veces, cerrando cobardemente los ojos, esa equivocación, esa mentira, y me irrito cuando no me tratan con la tolerancia que los demás destinan para aquellos de quienes esperan algo importante y distinto. Yo mismo, que lo sé todo, me he sorprendido solapándome actitudes violentas y arbitrariedades que intento explicarme como propias de quien considera que tiene una más alta misión que la común y corriente de estar al cuidado y al servicio de su familia. Es un feo engaño, yo lo sé. Mi mujer, con su aterradora intuición, lo sabe también y, no obstante, se calla. ¡Pero mis hijos! José, burlado, y Lorenzo, el pobre, tan pequeño aún, reprimido a cada momento por su madre:

—¡Niño, por Dios, cállate, tu padre está escribiendo!

—¡Niño, no molestes a tu padre, está escribiendo!

Yo, profundamente avergonzado de esta cooperación, de este respeto, me revuelvo contra ella, contra él, contra la casa, contra todo.

—¡Haces más ruido tú al callarlo. Déjalo en paz!

Y al niño.

—¡Vete a acostar, no hay quien te aguante!

Y el inaguantable soy yo.

La verdad es que no puedo aspirar más que a la natural consideración que se le tiene a cualquier marido. Podría sin duda haber mejorado mi situación, haberme preocupado por aumentar un poco mis ingresos. Mi mujer está cansada; José necesita cada día más cosas, ya va en segundo de Leyes; Lorenzo ha sido siempre tan enfermizo, que el médico y las medicinas están considerados como gasto fijo en nuestro presupuesto. Me inquieta este niño: tiene una mirada extraña, una expresión ausente, una melancolía que no corresponde a sus pocos años. ¡Fue tan inesperado su nacimiento y tan poco deseado en realidad! No me lo perdono. Estoy seguro que influyó en él nuestro cobarde rechazo.

Cierto que yo también experimento a veces extrañas sensaciones de las que me da vergüenza hablar. Una, la más frecuente, es ésta: a pesar de que desde hace tantos años soy el mismo y hago lo mismo, no sé por qué me siento ajeno a mí; como si accidentalmente hubiera yo caído dentro de mi cuerpo y de pronto me diera cuenta del sitio en que habito.

Mi mujer me pregunta por qué en la mañana, cuando despierto, me miro insistentemente las manos. Claro está que no puedo contestarle. ¡Cómo voy a saber lo que hago en ese borde sutil del despertar! Pero a veces también lo hago en plena vigilia, en la oficina, y tampoco puedo explicarlo. Es algo como realizar para mí mismo una identificación, una rápida comprobación de verdadera existencia física. Como si hubiera un grave desajuste entre lo que soy y lo que me representa, y necesitara yo, de pronto, notarme.

No me gusta mi cuerpo: es débil, blando, insignificante. No, no me gusta. Tal vez por eso nunca me ha importado y lo descuido. El resultado es que se me impone siempre, en fracciones, en pequeñas o grandes molestias: dolor de muelas, gripes, arritmia, una serie de achaques. Pero sobre todo, un temblor permanente, por dentro, un quebranto. Es como la seguridad de que algo va a ocurrir, el temor de que ocurra y la impaciencia de que ya ocurra. A veces pienso si esa angustia no será la gran angustia del miedo a la muerte, sólo que atenuada por el hábito de sentirla. Porque no es que sea excesiva y que yo tenga que ocuparme de disminuirla. No; la siento de mi tamaño exacto. Lo que tiene de desesperante no es su dimensión, sino su permanencia, su residencia definitiva en mí.

Otra angustia, esta de no poder dejar de escribir, por ejemplo, tiene alternativas. Por momentos siento que no la padezco. Sé que hay pequeñas separaciones provisionales que me hacen experimentar esa limpia tristeza de estar lejos de algo que me pertenece, a lo que volveré, pero de lo que, no obstante, puedo alejarme por algún tiempo. ¡Pero aquélla! ¡Aquella angustia persistente, inexplicable, adherida como el hombre a su muerte!

En ocasiones, para adormecerla, me emborracho. Y sí, durante la embriaguez siento como un denuedo interior, un arrojo que me contenta y me exalta. ¡Me voy de mí, me voy de mi temblor, me voy de mi muerte! ¿A dónde? A lo mismo tal vez —el hombre no puede inventarse totalmente—, pero me siento armado. No sabría, cuando regreso, describir esas armas. Ni cuando estoy allá podría hacerlo, porque no van añadidas, puestas encima, sino que forman parte de mí. No sé cómo son; sólo sé que son adecuadas. Si me preguntaran: ¿qué sientes?, únicamente podría decir: ¡siento que no me importa! Pero si insistieran en qué es lo que no me importa, ya no podría contestar. Es una idea muy delgada; me sigue interesando todo, pero sin importarme. Hay una gran diferencia, lo aseguro. Tal vez la podría explicar, pero sé que entonces la idea crecería, se ensancharía y ya no podría pasar por donde pasa cuando estoy allá.

Pero ¡cómo me gustaría poder trasladarla y explicarla, sin hacerle el más leve daño! Es un poco esto: la embriaguez no me quita mi condición de hombre que sufre, pero le da al sufrimiento otro sentido: el de un dolor incorporado a mí naturalmente, cuya persistencia no me hace sufrir, porque no la percibo. Es decir, encuentro natural que exista en mí, tan natural como existir yo mismo.

Acá, no he podido acostumbrarme nunca a la idea de existir. Siempre estoy preguntando, siempre inquieto, sorprendido de mi existencia. Allá no es así: ser es ser. No es como acá, un fenómeno rodeado de interrogaciones. Es un hecho claro, sin el escollo del porqué. Un hecho comprendido, explicado por sí mismo. Allá no tiemblo nunca. No siento miedo de morir, porque la muerte tiene el mismo sentido natural, incorporado, que tiene todo lo demás. Es otro hecho sencillo, no una pregunta.

A medida que la embriaguez se va apoderando de mí, yo voy apresando algo que supongo es la verdadera paz: no inquietarse porque se es, ni atemorizarse porque se puede dejar de ser. Hay como un acomodo interior, un ajuste, y todo aquello que acá son salientes y puntas duras, allá son pertenencias, aceptadas, heredadas tal vez, que integran plácidamente al hombre.

Además, la atmósfera es otra. Es muy difícil poder dar la idea de un ambiente cuando éste no se produce con los elementos habituales, sino por lo contrario, con todos aquellos a los que no se está habituado: la facilidad.de actuar, por ejemplo. Hay casas en las que uno se mueve con dificultad, que cohiben; hay otras en las que el movimiento se facilita desde el primer instante. A veces la embriaguez coincide con la sensación de entrar a una casa en la que todo se puede hacer, si se quiere, o dejar de hacer. Hay hasta un fenómeno auditivo, créanme. Yo lo he escuchado muchas veces: el ruido que produce una cadena al caer. Es entonces, en ese momento, cuando el hombre se yergue y empieza a moverse con un sentido distinto. Los pasos que usualmente lo conducen a su casa, a su trabajo, a determinado sitio, se dirigen a otro, no con la sensación de culpabilidad que en ocasiones implica una elección gozosa; no con la sensación de dar la espalda a algo. No; sencillamente se camina en la misma dirección que el deseo. Si algo necesario quedó atrás, no importa, porque no se siente necesario. Su ubicación no proviene de que lo hemos pospuesto, sino de que allí está.

En mí, la embriaguez no es propiamente perder el sentido de las cosas; es cambiar el sentido. Pero quiero aclarar: no soy yo el que lo cambia. Eso equivaldría a una suplencia, a una provisionalidad. Es que las cosas tienen por sí mismas otro sentido, y como yo no percibo la mecánica del cambio, me encuentro de pronto ante ellas y las siento permanentes, exactas, adecuadas. Me siento bien, no porque recuerde que antes me sentía mal y note la diferencia. No; me siento bien, sencillamente.

Lo sé porque el conocimiento de esa sensación empieza cuando ya no la percibo; cuando ya estoy acá, temblando nuevamente, con la cabeza baja; oyendo los reproches de mi mujer y los discretos consejos de mis amigos.

Porque, ¿saben?, el alcohol me hace mucho daño.

He tenido una pequeña victoria. Hoy hace exactamente ocho días que no escribo. Esta recaída es sólo para consignarlo. Ocho días. Recuerdo que el pasado miércoles estuve a punto de escribir y pude evitarlo. Usé, naturalmente, un truco. Cuando ya iba yo a entrar en mi despacho... ¡es tan presuntuosa esta expresión! En ese despacho están también la máquina de coser, un armario y unas cajas en donde mi mujer guarda las cosas más inverosímiles, las que parece que jamás han de servir para nada y que, no obstante, sirven siempre. Las esposas de los hombres pobres son un poco mágicas. Recuerdo que José quería un smoking cuando cumplió dieciocho años; yo no tenía dinero, pero se compró porque mi mujer vendió una serie de objetos que había guardado precisamente en esas cajas y que jamás pensé que pudieran interesar a nadie. ¿A quién las vendió? No lo he sabido nunca y me ha dado pena preguntarle. La verdad es que es ella la que resuelve siempre todo lo práctico. Yo no sirvo para nada. Trabajo y la amo. Y amo a mis hijos. Es todo lo que hago en la vida. Sé que muchas gentes prosperan; gente ambiciosa y capaz. Pero realmente, yo no sé cómo lo consiguen. No tengo ninguna idea de los negocios. Nada percibo de ellos. El comercio, aún el más lícito, me da vergüenza. Sé que esto es una tontería, una verdadera tontería, pero es la verdad: me da vergüenza. Antes compraba yo algunas cosas. Siempre resultaban mal. "Te robaron" —me decía mi mujer—. Ahora prefiero no comprar nada. Cuando vamos juntos a la tienda o al mercado, yo siempre me quedo fuera. Lo lamento; no puedo soportarlo. Sufro por el que vende y por el que compra. Me parece que aquél hace un esfuerzo para ponderar su mercancía; que tiene que vencer su modestia y su buen gusto por la necesidad de ganar algo más; y que el comprador tiene también que realizar un esfuerzo para ocultar su pobreza; toma entonces una anticipada postura altanera, para que el regateo parezca malicia y no miseria.

Pero ya estoy hablando de otra cosa. Decía

que durante ocho días pude no escribir y esa noche, cuando ya iba a hacerlo, me contuve e intempestivamente invité a mi mujer al cine. Le dio mucho gusto; casi nunca podemos ir. Iba tan contenta que suscitó en mí una especie de generosa audacia. No tenía yo, después de pagar las entradas, más que ocho pesos, pero guardaba en la cartera noventa y cinco que me habían dado varios de los compañeros de la oficina para que comprara unos billetes de lotería. Después los repongo —pensé—; a ver cómo hago.

Al salir del cine, decidido, adopté un gesto misterioso. Me sentí importante, la tomé del brazo y le dije:

—¡Nos vamos de parranda!

Subimos a un coche y cuando ella esperaba que yo diera la dirección de la casa, dije en tono muy natural, muy mundano:

—Al "Gran Vals", por favor.

—¿Qué sitio es ese, José? ¡Hijo, estás loco! ¡Mira en qué fachas vengo!

Me la quedé mirando y apreté su mano. Cierto, podía hablarse de fachas. Mi invitación apresurada, hasta un poco impaciente, no le había dado tiempo para cambiarse de vestido y ponerse alguno de los dos o tres

55

que tiene para cuando sale. El abrigo con el que cubría el vestido de casa —y que no se quitó durante toda la función, a pesar del calor— estaba bastante viejo.

Llegamos al "Gran Vals". Escogimos una mesa aislada. En otras estaban "los clásicos": gritan, golpean la mesa, beben, juran que son muy machos y dan exageradas propinas. Porque el dinero no importa; porque las mujeres dizque son inferiores; porque en su trabajo no pueden gritar; porque el alcohol es piadoso y ¡porque sufren, porque sufren! ¡Y todo para creer que no sufren!

En "El Gran Vals", unos opacos músicos tocan valses, y yo mandé tocar algunos. Quería que mi mujer los oyera y que soñara, y que olvidara las constantes enfermedades de Lorenzo, y que José, desde hace algunas semanas, golpea las puertas y llega tarde. Yo sé que ya tiene una mujer; pero la mía no lo sabe. Es una mesera: la del café que está en la esquina de la casa; se llama Margarita y mi hijo la quiere. Y sé también que cualquier noche, mañana tal vez, entrará en mi habitación con la cabeza baja, rojo de vergüenza y me dirá eso que todos los hijos dicen alguna vez a su padre:

—Papá… quiero hablar contigo… ¡de hombre a hombre!

¡De hombre a hombre! ¿Qué supondrá mi hijo que es un hombre? Pienso que él piensa: el hombre lo es en el preciso momento en que tiene ya una mujer.

¡José, José, hijo mío, si supieras lo que es un hombre!

El hombre es… pero, ¿lo sé yo acaso? Lo único que puedo decirte es que el hombre eres tú, José adolescente y amoroso. Y yo, José García, tu padre, que a pesar de mis años sigo tan inseguro y asombrado e interrogante. El hombre es ese mesero que nos detesta y que se burla un poco de la zozobra con que estoy pagando mi consumo, temeroso de que no me alcance el dinero que traigo. El hombre es ese músico de pelo cano y traje raído que mira con avidez el pequeño billete que le mando para que toque, tan mecánicamente como lo hace todas las noches, un vals que casi nadie oye. El hombre es tu madre, que sí lo oye, sólo que ya con una ilusión que se ha ido luyendo a base de años tristes e iguales, de enfermedades, de trabajo, de deudas, de muebles viejos y crujientes. Tu madre, que a pesar de todo ·eso, hoy tiene en los ojos un tenue brillo y una mínima sorpresa. El hombre es ese, que está en aquella mesa, solo, desaliñado, agobiado, bebiendo con prisa y preguntando si no ha venido "esa". Podría quedarme aquí el tiempo necesario para seguir su embriaguez, para ver a esos dos hombres que hay en él. Pero todo lo sé ya: caminaba por las calles porque no quería ir a buscarla. ¿Sabes? el hombre tiene siempre un pequeño residuo que lo conforta: su dignidad. Le dice "esa", con desprecio, pero "esa" quiere decir "esa" precisamente y ninguna otra. ¡Allí está el misterio! El misterio más hondo. Transitan por las calles miles de mujeres, hay mujeres en cualquier parte; pero es "esa" a la que él quiere; "esa", con su boca y sus ojos y sus palabras, "esa" nada más. Y no puede buscarla porque sabe que para ella, él no es "ese". Entonces camina y siente un opresivo dolor, un dolor cuyo peso no puede soportar solo. Pero sí con seis o siete copas. Va entonces a un sitio donde es posible que "esa" vaya también. No irá, pero él la esperará hasta muy tarde, hasta que el alcohol, tan tierno, tan caluroso, tan compañero, le adormezca la dignidad y le dé fuerzas para ir a tocar una puerta, precisamente una, la que no quisiera tocar jamás. Mañana se sentirá muy mal. Pero hoy y mañana habrá sido eso: un hombre.

El único que tal vez no sea el hombre es el que no se parece a los otros. El que rebasa o no alcanza a los demás. El que crece o se disminuye hasta quedar fuera de las estaturas normales. Ese no, porque pierde la medida cordial de la semejanza.

¡La semejanza! Lo que hace posible el amor.

¡Cuánto he escrito esta noche! Todo para decir que aquel miércoles pude no hacerlo. ¿Y qué hice hoy? Contar deshilvanadamente que llevé a mi mujer a oir música y que mi hijo ya tiene una amante. ¿Para decir sólo eso, Dios mío?

¿Cómo harán los que escriben? ¿Cómo lograrán que sus palabras los obedezcan? Las mías van por donde quieren, por donde pueden. Cuando ya las veo escritas, cuando con una vergüenza golosa las releo, me dan pena. Siento que van desprendiéndose de mí y cayendo en mi cuaderno. Cayendo solamente, sin forma, sin premeditada colocación.

Yo quisiera algo distinto. Por ejemplo, al ver una bonita tarde, pensar: veo que esta tarde es bella. Me gusta la tarde. Me gusta sentir lo que me hace sentir esta tarde. Me gustaría describir la tarde y lo que siento. ¿Qué hay que hacer entonces? Primero, creo

61

yo, sentir la tarde. Después, hacer el intento de ir cercando sus elementos, la luz, la temperatura, la tonalidad. Después observar su cielo, los árboles, las sombras, en fin, todo lo que le pertenece. Y cuando estos elementos queden reflejados en palabras y expresado ese temblor gozoso y esa estremecida sorpresa que siento al contemplarla, entonces, seguramente quien me leyera, o yo mismo, podría encontrar en mi cuaderno una bella tarde y a un hombre que la percibe y la disfruta.

¿Y si lo intentara así, con ese sistema?

Bueno, tendría que contemplar esas tardes o inventar o recordar un poco, porque hace mucho tiempo que no las veo. Salgo de la oficina a las nueve de la noche y tan cansado, que ya no tengo esa sensibilidad ávida, necesaria para percibir lo que me rodea. De la tarde sólo contemplo la luz que entra por una pequeña ventana que queda frente a mi escritorio; una luz que parece no venir de ninguna parte porque no veo el cielo. Poco a poco va siendo menos brillante, menos, menos, hasta que encendemos una lámpara fluorescente que la vence.

No sé si los otros empleados sientan lo que yo cuando esa lámpara se enciende. Es lógico que así ocurra; no podemos trabajar de otro modo; pero lo que no puedo creer es que no sufran en el momento en que ocurre; que se hayan acostumbrado a que la necesidad, así sin rodeos, la necesidad, les robe, y lo que es peor, les sustituya el uso y goce de lo natural, de lo estremecedoramente natural.

Ninguno de nosotros se acuerda ya de cómo muere un día. Ni de cómo nace, ni de cómo nos parece, a las cinco de la mañana, que no va a poder nacer; y en el rotundo mediodía, que no habrá de morir, y a las agónicas seis de la tarde, que no podrá salvarse.

No sé para los demás hombres, pero para nosotros, los que desde hace tantos años trabajamos allí, desalentados, vencidos, el día tiene horas mágicas que uniforman nuestras sensaciones. Llegamos, en la mañana, limpios y alegres; hacemos algunas bromas y empezamos a trabajar. Hay una especie de ritmo vivo, útil; un esfuerzo dedicado a alguien, a nuestra mujer, a nuestros hijos, que nos hace sentirnos satisfechos y hasta importantes. A las dos de la tarde, agobiados por el encierro y el calor, todos tenemos una expresión de fatiga innoble, esencialmente física, que resta sentido y justificación al esfuerzo. Hay como un odio al cuerpo por tener que alimentarlo y vestirlo; hay un deseo violento —lo diré con la cruda palabra exacta— de que reviente de una vez. La obligación, la pobreza, se enredan al cuello como una soga. Cambiamos palabras y miradas hostiles y el compañero, tan desdichado y fatigado como nosotros, no es compañero ya, sino enemigo. Lo detestamos por lo mismo que él nos detesta: por igual, por inevitable, por semejante. Es decir, por lo mismo que en la mañana, al llegar, lo amamos.

Y a las ocho de la noche, mansos ya, sin protestas, suavizados por el cansancio y la idea de que pronto vamos a salir, todos tenemos la misma expresión de condena cumplida, por ese día, y la misma ansiosa necesidad de ir a refugiarnos precisamente en esa casa en donde nos esperan nuestra mujer, nuestros hijos, aquellos por los que hemos hecho, y haríamos durante toda la vida si fuera necesario, este esfuerzo gris, anónimo, liso, pero que nos permite vivir juntos, con nuestros calores juntos, con nuestro amor junto.

¡Ah, ese entrañable círculo de empezar el día por ellos y terminarlo con ellos!

Un día, lo recuerdo muy bien, estuve tentado de escribir con grandes letras: "A veces me arrepiento de haberme casado." Me alegra no haberlo hecho, porque es mentira; no estoy arrepentido. Lo que pasa es que en ocasiones, cuando me quedo solo, cuando ellos duermen ya y sé que están descansando, seguros y tranquilos, retrocedo en el tiempo y en mí mismo y me encuentro con quien era yo antes, cuando aún no los tenía. Cuántos deseos no realizados sobreviven tenuemente en mí y aparecen de pronto, aunque amortiguados por la larga y espesa distancia.

Recuerdo, por ejemplo, mi decisión de ser marino. Nada en el mundo me hará cambiar de idea —pensaba yo entonces—. Tenía catorce años. Vivíamos en la costa. Una noche, mientras cenábamos, anuncié firmemente mi propósito. Aún veo los ojos de mi madre; expresaban tal congoja, que me dio la impresión de que en el tiempo brevísimo que transcurrió entre mis palabras y su mirada, había presentido mi destino y contemplaba a un hijo muerto. Pero no dijo nada. Mi padre, en cambio, pronunció un dramático discurso del que sólo pude entender que yo era el único hijo hombre, la esperanza de su vejez y el protector de mis hermanas. Recuerdo que a medida que mi padre hablaba me invadía una especie de asfixia: por lo que decía y por cómo lo decía. Fue la primera vez que sentí el horror de estar encarcelado, condenado sin remedio.

Esa misma noche, cuando todos se acostaron, salí de casa. La playa estaba solitaria y oscura. Me tendí en la arena.

Sollocé inconsolable por lo que se me moría, antes de vivirlo. Sin saberlo, creyendo que lloraba por mí, en realidad lloraba por los dos más agrios dolores del hombre: el amor y el adiós.

No me gusta acordarme de aquello. No me gusta referirme a ese adolescente de entonces que no podía imaginar que muchos años después estaría hablando de sí mismo en este tono sordo y apagado. Me desespera no poder escribir más que con mi edad actual. Creo que algunas cosas sólo pueden escribirse con mano tersa, y la mía —la estoy viendo ahora mismo— tiene ya las arrugas y las manchas de mis años. Tengo miedo de traicionar al muchacho que fui. ¡Lo recuerdo tan bien! Lo siento temblar dentro de mí, limpio y brioso. Pero sé, por eso no puedo hacerlo, que al pretender hablar de él en este cuaderno tardío, escrito con mano de viejo, aparecerán mis años, mi tedio, mi pequeñez, y que aquel joven espléndido saldrá cubierto de mi ceniza y empañado por ella.

Y como no pude darle aliento; como lo ahogué dentro de mí; como poco a poco lo fui cubriendo con esta tierra caliza que ha sido mi vida; como sólo pude proporcionarle un sitio tibio, a cambio de los ardientes y variados que él deseaba, no quiero hablar de él, no puedo.

Pero también pienso que si no hablo de él, que ha sido lo mejor de mí, ¿de qué voy a hablar? ¿De éste que soy ahora? ¿De éste en que me he convertido? ¿De este hombre oscuro, liso, hundido en una angustia que no puedo aclarar ni justificar, porque los motivos que la provocan no son explicables?

Imagino que proviene de que en muchas ocasiones me siento profundamente solo. No me basta la compañía entrañable y diaria de mi mujer y mis hijos. ¿Por qué no puedo tener también la de otro hombre cualquiera, la del ser humano que pase a mi lado casualmente, en el preciso instante en que yo siento un cálido e imperioso anhelo de comunicación? ¿Por qué no puede ser así? ¿Por qué no puede brindarse a cualquiera, en su momento único, la frescura de una palabra, de un abrazo, de una pregunta?

No; todo lo guardamos para compartirlo, si acaso, con un reducidísimo número de seres humanos, como si los demás no existieran o fueran incapaces de entendernos y amarnos.

Camino por una calle cualquiera. Otros hombres pasan a mi lado. Ni los miro ni me miran. Somos iguales, pero extraños, tan lejanos como si no transitáramos por la misma calle, con el mismo paso y tal vez con el mismo pensamiento. Somos iguales y yo nunca sabré nada de ellos, ni su nombre siquiera. Es entonces cuando me siento extrañamente solo; pienso que los demás se sienten igual y me asalta un casi irresistible deseo de detener a alguien y pedirle con naturalidad y con mi tierno calor humano, ¿con qué cosa mejor?, que hablemos un rato.

¿Qué me impide hacerlo? ¿Qué timidez o qué dureza me detienen? ¿Qué frío paraliza mis manos tan dispuestas a tenderse y estrechar otra cualquiera, sin selección, sin premeditación ni antecedente? Pero no lo hago, no lo he podido hacer nunca. Y el impulso se me queda dentro, quieto, silencioso, sin atreverse a vivir, que es como morir antes de la hora.

Camino un poco más, dejo pasar todo. Apenas si miro de soslayo en torno mío. Y llego a mi casa con la sensación de un gran vacío que pudo llenarse con sólo decir una palabra o tender los brazos.

No es una forma de piedad, de conmiseración a los demás. Quiero que se entienda: es, por lo contrario, una avidez, un incontenible anhelo de hombres, de voces, de vidas.

Entonces me hundo en mí mismo. Pero yo soy para mí como un pequeño sitio visitado anteriormente, conocido, repasado, caminado hasta la última fatiga. No obstante, es allí, es a mí mismo a donde llego siempre y me detengo para hablar.

—Deberías haberle preguntado algo, cualquier cosa, a aquel hombre que parecía tan desdichado. Tal vez estaba solo; tal vez, como tú, tenía necesidad de hablar; deberías haberlo hecho; deberías hacerlo todos los días. Piénsalo, sería como viajar. Tú no viajarás nunca, José García. Tú no podrás decir, dentro de algunos años: "eso me recuerda lo que vi una vez en tal lugar". Pero sí podrás recordar: "...lo que me dijo tal día aquel hombre..."

¡Qué lección, Dios mío, qué lección! Le bastó una sola palabra.

Salí ayer de la oficina, al mediodía. Durante toda la mañana estuve preparándolo. Y lo hice. Me fui caminando despacio; en la calle no era posible, porque todos iban apresurados. Pensé entonces que tal vez un parque, con bancas y árboles, era el sitio adecuado. Llegué a la Alameda y la recorrí lentamente, observando con atención. Por fin me decidí.

En una banca estaba un hombre con cara adusta, mal vestido; tenía las piernas estiradas y las manos en las bolsas del pantalón. Miraba a lo lejos, distraídamente, como pensando en algo. No en distintas cosas. No. Cuando el pensamiento pasea de un lado a otro, la expresión cambia. A veces llega a un buen recuerdo o a un buen deseo y entonces los músculos de la cara se suavizan imperceptiblemente. O se endurecen, de pronto, si el pensamiento ha tropezado con aquello en que duele pensar.

Pero si la expresión permanece igual, si los labios no se entreabren, ligeramente anhelantes, o se cierran como para tapar la salida a una palabra; si los ojos quedan fijos y muertos y los párpados caen con el mismo ritmo, acompasados, sin alteración, es que el pensamiento está inmóvil.

Aquel hombre pensaba en algo. En una sola cosa que evidentemente no era agradable. Me senté junto a él; lo miré varias veces. El no notó mi presencia ni los forzados movimientos que yo hacía para llamar su atención. Entonces le ofrecí un cigarro. Me miró, lo tomó y dijo escuetamente, con una voz opaca: "Gracias." Se lo encendí con gran solicitud. "Gracias".

—No sé si le gustan de esta marca. Son muy fuertes.

—Sí, gracias.

¿Qué más podía decirle? Pero tenía que hablar con él; estaba decidido. Inclusive le había yo avisado a mi mujer que no me esperara a comer; quería contar con tiempo suficiente para cualquier situación imprevista. Era imposible que todo se limitara a obsequiar un cigarro, en la banca de un parque, a un desconocido, y a oír tres veces la palabra "gracias". ¿Quién era? ¿De dónde venía? ¿En qué pensaba?

—¿Es usted de aquí?

—¿De dónde?

—De aquí... de México... de la capital...

—No.

Había vuelto a meter las manos en los bolsillos. El cigarro colgaba de sus labios. Yo observaba cómo iba creciendo la ceniza a medida que fumaba y cómo caía sobre su ropa sin que a él pareciera preocuparle. De pronto hizo un movimiento; se incorporó.

Yo pensé que se iba a levantar y a dejarme allí, solo, sin haberle podido decir nada, con toda mi compasión inútil, frustrada. No podía permitirlo. Sentí que debía hablarle sin rodeos, categórico y directo. Sentí que debía abrazarlo y decirle que no sufriera, que no estaba solo, que yo era su amigo; que vivíamos en el mismo planeta, en la misma época, en el mismo país; que ahora estábamos los dos en el mismo parque, en la misma banca; que los seres humanos deben hablarse, sentirse, quererse; que todo hombre que pasa junto a nosotros representa una ocasión de compañía y

73

de calor y que la indiferencia y el desdén de unos a otros es un pecado, el peor de los pecados.

Sentí que debía decir todo esto y lo dije, atropelladamente, a borbotones, trémulo de emoción. A medida que hablaba experimentaba la sensación de que por fin había encontrado el camino; sentía que yo era yo mismo, pero al mismo tiempo otro; otro que me reconciliaba conmigo·y me libertaba.

No sé en qué momento ni en qué palabra, el hombre aquel me interrumpió. Sólo recuerdo su expresión dura y su frase cortante, helada:

—¡No estoy para sermones!

Se levantó y se fue.

No podría expresar lo que sentí. Ahora que trato de escribirlo y después de habérseme revelado de pronto el gran error, puedo decir que mi sentimiento era de desconsuelo, de decepción; pero al mismo tiempo sentí herida mi vanidad. Pensé que no había sido comprendido; que me habían defraudado; que mi buena voluntad no había sido estimada; que me había dirigido, infortunadamente, a alguien que no me merecía. Me sentí superior.

Pasados unos momentos me levanté, caminé varias cuadras y tomé un camión que me llevara a mi casa. En el trayecto contemplaba a las gentes que iban en él; caras inexpresivas, soñolientas, sudorosas. Lo confieso, sentí cierta repugnancia.

Al llegar pedí con exigencia la comida.

—Dijiste que no venías —me recordó mi mujer—; no sé si te gustará lo que hice.

—Pero vine, quise venir, cambié de idea —le respondí duramente.

Ella sólo expresaba su temor de que la comida no me gustara. No me hacía ningún reproche. Era yo injusto, lo sabía, y no podía remediarlo.

Como de costumbre, no contestó, no se defendió.

La comida me gustó, pero no lo dije. Pensaba: "Si no le dejan a uno ser bueno, pues a ser malo. ¿Eso es lo que quieren? Pues hay que serlo, hay que ser egoísta."

Y lo era con quien menos lo merecía. Comí apresuradamente, me encerré en mi cuarto, me dejé caer en la cama y cerré los ojos para que creyeran que dormía y no me molestaran. No tenía que volver a la oficina en la tarde; era sábado. No sé cuánto tiempo estuve así, fingiendo que dormía y en realidad repasando, palabra por palabra, toda la escena con aquel desconocido. Poco a poco me fui suavizando. Sentía, no obstante, una gran amargura y tenía la seguridad de que nunca repetiría la experiencia. Pensaba:

Claro, por algo no me había atrevido antes; era mejor cuando sencillamente lo deseaba; entonces todos, cualquiera, me parecía el señalado, el necesario, el único.

He dicho que de pronto entendí. Recordé la frase:

—¡No estoy para sermones!

Sermones. Esa palabra, que al oírla me había parecido tan ofensiva, tan dura, ahora me lo explicaba todo. ¡Claro, no era eso, no era así!

¿Qué sentido tiene para un hombre, uno solo, para un hombre destruido, lastimado, atrapado en quién sabe qué problemas y torturas, el concepto abstracto, ampuloso, demasiado amplio, de que todos los seres humanos deben acercarse, hablarse, quererse? Tal vez llegue a entender eso algún día, tal vez. Pero el conducto, el canal fácil para llegar a esa verdad mayor, tiene que ser de su tamaño; y la medida de un hombre es otro hombre. Por eso, las palabras que se le dirijan deben ser exclusivas y dedicadas; el nombre que se pronuncie debe ser el suyo, y el camino debe ser tan angosto y tan recto que inevitablemente provoque el encuentro aun cuando cada uno lo recorra en opuesta dirección.

¿Qué hice yo en cambio? No me lo perdono; qué irritación debe haber sentido.

Tal vez no tenía a nadie, no tenía a uno, y yo le hablé de todos. Mi verdadero propósito era ofrecerme yo, yo solo, y lo asalté con una multitud, los hombres, entre los cuales, precisamente, él se sentía perdido. Y en vez de tenderle mi mano, sólo la mía, con sus huesos, sus arrugas, sus uñas descuidadas y su calor, le tendí la mano de todos, que él, naturalmente, tuvo que sentir como una garra.

¡Y mi tono! Hablar de amor, de cercanía, en ese tono de sermón ardoroso, imperativo, cuando para hablar de amor, de ese amor terso que no es el de uno a otro, sino el de uno a cualquier otro, se necesita la voz más apagada y la palabra más modesta.

Yo no debería haberle dicho todo eso. Ahora, sólo ahora, hasta ahora que lo he perdido, que nunca lo volveré a ver, sé lo que debería haberle dicho. ¡Qué distinto hubiera sido si las cosas hubieran ocurrido así, por ejemplo!:

—Le envidio sus zapatos..., se ve que le quedan cómodos... ¡Yo ya no aguanto los que traigo...!

Entonces habría lanzado una mirada rápida a mis zapatos nuevos. No comentaría nada, pero yo habría insistido:

—Sí, están nuevos, pero son tan corrientes que la suela me está quemando los pies.

Con eso habría provocado una cierta igualdad entre nuestros zapatos: los de él eran viejos, pero finos y cómodos; los míos, nuevos, pero corrientes, insoportables. Y para insistir en que yo era tan pobre como él y en que ayer mismo estaba tan mal calzado como él, debí decirle:

—Los compré hoy...; a los otros ya tenía que ponerles unos cartones para tapar los agujeros de la suela...

Es imposible que él no me preguntara algo, lo usual:

—¿Cuánto le costaron?

Yo bajaría considerablemente el precio de mis zapatos nuevos para garantizar su mala calidad y diría, además, que los había comprado en la oficina a un señor que los vende en abonos.

Esto es verdad. Entonces, al decir lo de los

abonos, ya podría haberle hablado de cómo me las arreglo para comprar lo que van necesitando mis hijos, mi mujer, mi casa. Y él se hubiera enterado, sin notarlo, como deslizándose suavemente, de que soy casado, de que tengo hijos, de que trabajo en una oficina y de que soy pobre. Es decir, de mi vida, de lo que en realidad es mi vida. Porque ahora que lo escribo, veo que no podría contar otra cosa de mí. No iba a decirle, ¡ni pensarlo!, que tengo este cuaderno en el que escribo, y el otro... el otro... el vacío aún.

¡Ay, otra vez eso...! Parece una de esas navajas cuya hoja salta con sólo presionar levemente... ¡Los zapatos, el hombre aquel...! ¡Eso es lo único que me importa...! ¿Para qué? Tampoco eso... Ya no... Lo que quiero es dormir y no pensar más, ni en el hombre, ni en el cuaderno; menos que nada en el cuaderno, menos que nada en el cuaderno.

Lorenzo está enfermo otra vez. ¡Qué haré, qué haré con esa criatura! Es injusto, pero a veces siento molestia al ver a José tan sano, tan alto, tan fornido. Me parece que soy culpable de un mal reparto. Acabamos de inyectarlo y darle un baño para que le baje la fiebre. ¡Qué raquítico, qué indefenso! Se le señalan todos los huesos.

Mi mujer se ha quedado con él, cuidándolo. No tengo sueño; he tomado mucho café, me siento nervioso. Me avergüenza estar escribiendo, tener ganas de escribir, pero así es. No podría hacer otra cosa. Emborracharme tal vez. Pero ni pensar ahora en eso. ¡No, no, ni pensarlo!

Acabo de releer lo que escribí el otro día acerca de aquel hombre. Me parece imposible, tal como me siento ahora, que sea yo mismo quien piense que puedo ayudar a alguien. ¡Ah, qué necesidad de lo contrario; qué urgente necesidad de dejarme caer en una banca de cualquier parque o de cualquier cantina y esperar, esperar no sé qué!

Escribo falsedades. Todo lo equivoco, todo resulta inadecuado y, lo que es peor, todo tiene un fondo de interés y soberbia.

¡¿Quién soy, por Dios, quién supongo que soy para que mi simple cercanía y unas cuantas frases consuelen a un hombre que no me conoce?! ¿Por qué, con qué derecho elijo y decido ocupar el sitio privilegiado, el del que da, y coloco al otro en el del que recibe? ¡Y todavía me lastima que no acepte y que rechace violentamente esa elaborada fraternidad! El verdadero amor a los hombres no es eso. No es el sermón elocuente ni la trampa piadosa de los zapatos. ¿Pero qué sé yo lo que es el verdadero amor? Sin embargo, siento que la fraternidad, el amor, no pueden prepararse; que suceden simplemente y que deben tener la inminencia y la fluidez de un suceso común en el que se participa con naturalidad.

¿Por qué no me acerqué a cualquiera, al primero? ¿Por qué escogí precisamente a aquel hombre de aspecto miserable y expresión dura? Hay que admitirlo: porque yo necesitaba complacerme con la idea de que ayudaba a alguien que sufría. Es decir, yo deseaba hacer algo que tuviera mérito. Hacerlo yo.

¿Por qué no me puse en situación de que otro lo hiciera, de que fuera otro el que diera y yo el que aceptara con humildad? ¿Por qué en vez de mis sermones o en lugar de la imaginada conversación de los zapatos, no pude decir?:

—Perdone que me atreva, señor; tengo necesidad de hablar con alguien... Y creo que usted... si quisiera...

Tal vez me hubiera dicho que tenía prisa, que tenía que irse; pero tal vez me hubiera preguntado qué era lo que me pasaba.

Y yo hubiera escogido, para ayudarlo a ayudarme, mis penas sencillas. No quiero decir las más pequeñas, sino las más fáciles de entender.

No le habría dicho que soy un hombre atrapado entre cuatro paredes lisas; ni que a veces siento que me ahogo por el hecho de saber de memoria el número de peldaños que tienen las escaleras de mi casa y las de mi oficina; y por conocer el nombre y la voz y los pasos de todos mis vecinos; y por haber agotado la posibilidad de descubrir nuevas figuras en la gran mancha que una gotera dejó en el techo de mi recámara; y por encontrarme desde hace ocho años, todos los días, en el camión, a un señor que se baja una cuadra antes que yo; y porque Rosendo Arellano va todos los sábados de todos los meses, sin faltar uno solo, a cobrar el abono de la ropa que le compro a crédito; y porque cada vez que el gerente entra a mi departamento y pasa a mi lado, dice lo mismo, exactamente lo mismo:

—¡Hola, hola... usted siempre entre montañas de papeles, amigo García!

¡Amigo García! ¡Tan impersonal, tan indiferente como si dijera cualquier número!

Pero nada de eso le habría contado. Eso no lo comento nunca; únicamente aquí, en mi cuaderno. No quiero inspirar lástima a nadie; ya es suficiente con la que yo me tengo. Además, normalmente, uno no puede quejarse de eso. No es un dolor, no es una desdicha: se llama estabilidad, seguridad, y muchos hombres la anhelan y hasta la disfrutan. ¿Cómo iba, pues, a quejarme? ¿Cómo iba a hablar de esas penas extrañas?

No. Le habría hablado de... ¿de qué? Tal vez de Lorenzo, de sus enfermedades, de nuestra angustia; tal vez de José, de los peligros que corre en la difícil edad en que se encuentra, de las malas compañías, de esas cosas de los jóvenes; o le hubiera dicho... sí, tal vez, eso une mucho a los hombres, que tenía yo una pena de amor. Le habría contado cómo lucho para no ir a tocar una puerta; cómo, cuando no puedo más, marco temblorosamente un número en el teléfono, escucho una voz y me muerdo los labios para no gritar un nombre; cómo sufro de celos, ese dolor ácido que quema al hombre en su centro; cómo, a pesar de eso, mi deseo sigue inmóvil, posado en un solo cuerpo; y cómo, por eso, el concepto de imposible ha llegado a ser el único que entiendo y el único que no entiendo.

Yo sé que si hubiera inventado y contado esto a cualquier hombre del parque, me habría comprendido. Seguramente habría contestado como todos:

—¡Olvídese, amigo, vamos a tomarnos una copa!

Y nos hubiéramos metido a una cantina y frente a nosotros se hubieran ido acumulando vasos y botellas vacías y él habría asegurado que "no hay mujer en el mundo que valga las lágrimas de un hombre" y que "hay que ser macho", y me habría obligado a apuntar una dirección. Yo le habría dicho que estaba en lo justo, para que sintiera que sus consejos y su compañía me ayudaban y me levantaban el ánimo.

Pudo ser de este modo. Pero tal vez el del parque hubiera podido ser un hombre que no me dijera lo que todos. Entonces no habríamos ido a una cantina, a vaciar botellas y a decir clásicas "frases de macho", sino al fondo de nosotros mismos, a nuestros sitios turbios y doloridos, a esos sitios donde el hombre padece la angustia de serlo y de no serlo en la medida ideal.

Ese sí hubiera podido entender un amor imposible y que un hombre pueda morirse de sed a la orilla de un cuerpo.

Con ese sí habría yo podido hablar de cómo

me asfixia la tranquila, metódica, acompasada repetición de mis actos y de cómo me avergüenza y oprime el conocimiento de mí mismo y la convicción de que jamás tendré el valor de dar la espalda a esa estabilidad, a ese pequeño orden en que vivo y hago vivir a mi familia.

A ése si habría podido decirle:

—Soy José García, ¿sabe usted?, el muy honorable y oscuro José García; el destinado a la esquela de 15 x 7 centímetros en un solo periódico: "Ayer tantos de tantos, falleció el señor José García. Su inconsolable esposa, sus hijos y hermanas lo participan con profundo dolor."

¿A quién lo participan? Se murió José García. Se morirán todos y siempre habrá nuevos José García que los reemplacen y ocupen su mínimo sitio en la vida.

Falso, todo falso.

El encuentro con lo que he escrito algunos días antes, siempre me desagrada. Digo, con aparente modestia: "murió José García; ¿a quién se lo participan?" Y con eso, seguramente quise dar la impresión de que conozco mi pequeña medida y me conformo con ella. Y ahora, en este momento, unos cuantos días después, estoy sintiendo la trascendencia de mi muerte, de la mía, sí, precisamente por mía. Y siento que me importa tanto, que este interés tiene que ser compartido por miles, por millones de gentes a quienes mi muerte tiene también que interesar y estremecer.

Escribo también, con falsa, con modesta amargura, que "cualquier otro José García puede ocupar mi sitio mínimo". ¿Lo creo realmente? No, no lo creo; no lo siento. Por lo contrario, me parece que el hueco que cada hombre deja al morir no puede ser llenado, jamás, por nadie, por ningún otro hombre. Precisamente por eso, la muerte permanece en la vida como una aterradora oquedad.

Sin embargo, siempre que escribo digo lo que siento, aunque una cosa niegue la anterior. Soy un hombre con tantas verdades momentáneas, que no sé cual es la verdad. Tal vez el tener tantas sea mi verdad única, pero de todos modos, quisiera ser más firme, más rotundo.

He visto los árboles en invierno, la época del rigor: troncos escuetos, desnudos, silenciosos. Los he visto en primavera, cubiertos de follaje, rumorosos, llenos de frutos. Pero todo esto, el follaje, el rumor y los frutos, es lo que cae, lo nuevo cada vez, lo inexperto. La real existencia del árbol, su continuidad y sustento, están en el tronco invariable.

¡Ah, quisiera tener por lo menos una idea, una creencia a la que pudiera recurrir permanentemente! No cuento con un solo pensamiento fijo, endurecido. Todos caen de mí, en este cuaderno sumiso, como un follaje provisional, como pensamientos "de la estación". ¿De qué van a servir? ¿A quién van a servir? ¿Por qué insisto en escribirlos?

El otro día pensaba en esa enfermedad que

padezco. No me molesta; si acaso un poco, a veces, como una fatiga muy soportable. Pero en esos achaques del corazón siempre hay peligro de algo repentino. Pensaba: si muriera un día, de pronto, y alguien, mi mujer, mis hijos, un amigo, encontrara mis cuadernos y tuviera la curiosidad de leerlos...

Si fuera José el que los encontrara, se sentiría defraudado de la "novela" de su padre y tal vez diría a sus amigos que antes de morir yo había destruido todos mis papeles.

Si fuera mi mujer, los guardaría, sí, estoy seguro, los guardaría llorando, lo mismo que mi pipa, mis anteojos y mis trajes.

Si por alguna causa especial, no sé realmente cual, algún compañero de la oficina tuviera oportunidad de leerlos, movería la cabeza comprensivo:

—Pobre García, tan buena gente; ahora me doy cuenta de por qué, a veces, se quedaba como tonto, pensando.

Y nadie entendería que no puedo romperlos, que no he podido hacerlo nunca; que en las noches llego a ellos tímidamente y los tomo con un tierno, con un triste amor y acaricio sus pastas, y me alarmo ante sus hojas llenas y me extasío ante las que todavía están en blanco y pienso que alguna vez, en alguna de ellas, escribiré por fin algo, no sé qué, algo que no tenga que quedar en la sombra, como todo esto.

Cierto que desde hace algún tiempo escribo con más comodidad. Antes tenía que esconderme porque todavía me tomaban en serio y eso me daba vergüenza. Pero ahora, como mi costumbre de escribir se ha transformado para todos en "mi manía", en "mi chifladura", la ejerzo con cierto cinismo. Cuando me respetaban, me cohibían, naturalmente. Ahora entro a mi despacho con naturalidad, con desparpajo, a la vista de todos. Sólo cuando he cerrado la puerta y saco de mi lugar secreto la llave del escritorio y abro mi cuaderno y tomo la pluma, vuelve a aparecer esa angustiosa atracción que se experimenta al borde de un profundo abismo.

Quisiera, por lo menos, poder explicar lo que siento, para que se comprenda por qué escribo, por qué no puedo romper nada.

Hablo de angustia, de atracción, de abismo, pero estas palabras no reflejan lo que quiero decir; son burdas, burdas aproximaciones. Lo que quiero decir es otra cosa.

Mi mano no termina en los dedos: la vida,

la circulación, la sangre, se prolongan hasta el punto de mi pluma. En la frente siento un golpe caliente y acompasado. Por todo el cuerpo, desde que me preparo a escribir, se me esparce una alegría urgente. Me pertenezco todo, me uso todo; no hay un átomo de mí que no esté conmigo, sabiendo, sintiendo la inminencia de la primera palabra.

En el trazo de esa primera palabra pongo una especie de sensualidad: dibujo la mayúscula, la remarco en sus bordes, la adorno. Esa sensualidad caligráfica, después me doy cuenta, no es más que la forma de retrasar el momento de decir algo, porque no sé que es ese algo, pero el placer de este instante total, lleno de júbilo, de posibilidades y de fe en mí mismo, no logra enturbiarlo ni la desesperanza que me invade un momento después.

Pienso entonces que algo, algo físico, falta. La pipa está muy sucia, hace varios días que no la limpio. ¡Cómo voy a poder escribir si esta maldita pipa está tapada! Me pongo a limpiarla, maquinalmente, y poco a poco la esperanza solícita, piadosa, vuelve a aparecer. ¡Eso era, claro! ¡Ahora sí...! Mejor una hoja nueva, limpia, y otra vez, lentamente, la mayúscula de gala.

Allí empieza lo que unas horas después me habrá dejado exhausto. El cuerpo, que me acompañaba con tanta cordialidad, empieza a independizarse; los dedos de los pies se encogen nerviosamente; me recorre la espalda, a lo largo de toda la columna vertebral, una línea fría; me duele la nuca y dentro de la cabeza siento como una espiral que rápidamente gira tratando de encontrar algo, ese algo que exprese algo.

Y lo único que honestamente puedo expresar es que lo que quisiera escribir, o ya está escrito en los libros que me conmueven, o será escrito algún día por otros hombres, en unos cuadernos que no se parecerán en nada a los míos, tan tristemente llenos, éste, de impotencia, y el otro, de blanca e inútil espera.

De la espera más difícil, de la más dolorosa: la de uno mismo. Ya he tenido suficiente tiempo para darme cuenta, para saber hondamente que no puedo hacerlo. ¿Qué es lo que espero entonces? ¿Por qué me empeño en mantener vivo, abierto y ávido, ese cuaderno en el que todavía no he podido escribir una sola línea? Sé que me está esperando; su vacío me obsesiona y me tortura, pero si algo pudiera escribir en él, sería la confesión de que yo también me estoy esperando desde hace mucho tiempo, y no he llegado nunca.

Tal vez por eso estoy siempre triste. Puse en mí mismo una confianza absurda, nacida de no sé qué vanidad. Así como tracé un plan cuando pretendí escribir una novela, del mismo modo, desde muy joven, hice un apasionante proyecto de mi vida. Esquemas, proyectos, siempre lo mismo.

Primero soñé con ser marino. Ya lo he contado aquí. Fue imposible. Uno a uno vi alejarse de mí todos los barcos. Me quedé en tierra y yo sentía que no sobre ella, sino bajo ella, ¡tan grande era mi dolor! Me refugié entonces, me hundí, a pesar de mis catorce años, en una mujer de cuarenta que me acariciaba casi brutalmente. Fue mi primer amor. Hubiera dado la vida por ella, por su voz grave que en la noche, en la oscuridad, me decía queda, tiernamente, las mayores obscenidades. Yo sentía que la cara me quemaba de vergüenza; sentía que iba cayendo, cayendo vertiginosamente al infierno y me quería detener pensando en mi madre, en mis hermanas, que a esa hora dormían tranquilas, con la creencia de que yo lo hacía también, sin saber que todas las noches, tan pronto se acostaban y se

95

iban apagando las luces de sus cuartos, yo saltaba peligrosamente la ventana que daba al patio y me escapaba corriendo, sin descanso, hasta llegar jadeante a su casa. Para "hacerme reponer fuerzas", según decía, me daba un vaso de aguardiente. En la madrugada me exigía que me fuera. Yo le rogaba que me dejara vivir allí, con ella, para siempre. Pero me respondía que todo lo que me amaba en la noche me detestaba en la mañana y que mi juventud sólo en la oscuridad era soportable. Me iba, pues, me iba maldiciendo mis años y adorando los suyos, que habían dejado en su piel maltratada, en sus gestos, en su mirada, en sus palabras, en su cuerpo rotundo, un regusto de vida, un algo que yo percibía pero que no podía entender ni apresar. Era como si todo lo que decía lo hubiera dicho ya, antes, y yo sólo escuchara el eco; era como si nada me estuviera dedicado, sino que se me daba accidentalmente, durante unas cuantas horas; como si sus caricias no derivaran de su deseo, sino del casual encuentro con mi cuerpo.

Yo percibía todo eso, allá, lejos, en el fondo de mí, y ella, adivinándolo, trataba de hacérmelo olvidar dándole a mi pequeño cuerpo inexperto una categoría de amante elegido, admirado, capaz de proporcionar los hondos placeres. Y de esto, que me otorgaba cada noche, me despojaba cada mañana, cuando yo estaba convencido ya de mis cualidades extraordinarias y de la eternidad de nuestro amor; eternidad que de pronto rompía un tosco reloj cromado. A las cinco de la mañana, a las cinco y cuarto, a lo más:

—Anda, niño, vístete y vete.

Yo protestaba imperativo, con la seguridad y la arrogancia que me daba el recuerdo de otras palabras, oídas una hora antes. Pero mi protesta y después mi súplica tímida y desvalida se estrellaban contra su repentina frialdad.

—¡Que te largues, te digo, y no vuelvas nunca! ¡No quiero volver a verte en mi vida!

Me daba la espalda y no decía una palabra más. Yo me levantaba asustado, herido profundamente. Con los ojos llenos de lágrimas, sin hacer el menor ruido, me vestía a medias para no tardarme. Enrollaba mi camiseta y mis calcetines y los metía en la bolsa del pantalón. Antes de irme, haciendo acopio de toda mi dignidad, de toda mi hombría, de esa hombría elogiada por ella misma momentos antes, le lanzaba la amenaza que a mí me hacía temblar apenas pronunciada, y que a ella la dejaba indiferente:

—Te juro que no volveré nunca.

Como ni siquiera me contestaba, yo fingía creer que no me había oído y gritaba desde la puerta con la esperanza de que se suscitara una discusión que me obligara a permanecer con ella un rato más:

—¡No volveré nunca! ¡Nunca! ¿Lo oyes?

—¡Sí, niño, perfectamente; ya lárgate!

Tal vez ningún otro niño habría vuelto, pero yo sí, esa misma noche, inevitablemente, llevándole de regalo un pedazo de aquel tierno pan que hacía mi madre.

Todo cambió con la llegada de aquel barco holandés. Un fuerte huracán lo averió durante la travesía y hubo que repararlo. La tripulación permaneció en el puerto cerca de tres meses. Un marino rubio y alto, que siempre estaba riéndose y tomando ginebra, pasaba con ella las noches. Yo, en cambio, a solas, llorando quedamente para que no me oyeran y jurando que jamás volvería a querer a una mujer.

Muchos años después la encontré en una cervecería. Por nada en el mundo la describiría aquí. Pero la sensación que experimenté me hizo comprender que sólo en el cuerpo del ser profunda y largamente amado, no percibimos el paso del tiempo, y que el envejecer juntos es una forma de no envejecer. La diaria mirada tiene un ritmo lento y piadoso. La persona que vive a nuestro lado siempre está situada en el tiempo más cercano: ayer, hoy, mañana, y a estas distancias mínimas no pueden verse, no se ven, los efectos de los años.

Yo sólo me doy cuenta de que mi mujer ha envejecido cuando veo antiguos retratos. Y ni aun así, porque están tomados en ambientes tan distintos del actual y con trajes tan olvidados, que los miro como si no fueran de ella, como si la fotografía representara a un personaje parecido, pero no a mi mujer. Ella es la que ayer, sentada frente a mí, contemplaba el retrato y se reía de "aquel sombrero extravagante"; o la que hoy me instaba a que no saliera desabrigado porque hacía frío; o la que mañana me reclamará: ¡te lo dije, ya pescaste un catarro!

Sus manos viejas, sus ojos rodeados de arrugas y su pelo canoso, ni me sorprenden, ni me desagradan, ni me hacen recordar su tersura y su negro cabello de otros tiempos. El cambio ha ocurrido con tanta lentitud y tan entrañablemente acompañado del mío, que ni ella ni yo hemos podido notarlo.

Creo que el no percibir brutalmente la destrucción, el aniquilamiento del cuerpo que se ama, es el gran milagro de la convivencia.

Me gusta la convivencia. Algunas veces le digo a mi mujer que el hombre debe vivir solo y libre para no debilitarse. Pero se lo digo para darme importancia; para que suponga que no he perdido mis inquietudes y para que no me sienta viejo y anclado definitivamente.

En realidad, no sé qué haría si de pronto, por algún motivo, tuviera que vivir solo. Si en mi cama sintiera, en vez de su tibieza, su ausencia; si no pudiera reclamarle un movimiento brusco que me despierta; si a media noche no pudiera impacientarme y decirle que se retire un poco, porque tengo calor, o en la madrugada, quedamente, apretando su mano, que se acerque. No sé qué haría si a cada momento no la oyera protestar por algo de la casa; o, de vez en cuando, amenazarnos con que un día nos va a dejar, para ver qué hacemos solos. Sí, todo eso que dice furiosa, y que a mí y a mis hijos nos hace reir, porque de lo único que estamos completamente seguros es de que ella no nos dejará nunca.

No sé qué haría si no pudiéramos seguir viendo juntos la manera como van deteriorándose y perdiendo su color y su forma los objetos que durante tantos años nos han servido y acompañado.

Tenemos un florero que alguien nos regaló cuando nos casamos. Es tan feo, tan implacablemente feo, que durante las primeras semanas nos sirvió de diversión.

—Recuérdame que lo rompa mañana sin falta —le decía yo.

—Déjame a mí ese gusto —me pedía ella.

Después decidimos que sería el primer objeto que haríamos pedazos en nuestro primer gran pleito. Luego lo olvidamos. José, que cuando era pequeño lo rompía todo, incluso su propio cuerpo, respetó misteriosamente ese florero que es grande, evidente y tentador. Lorenzo lo utilizó más tarde para guardar en él esa serie de objetos sorprendentes con que jugó mucho tiempo: carretes de hilo, huesos de pollo y de frutas, clavos, trocitos de madera, pedazos de vidrio, corchos, ¡qué sé yo! Ahora desempeña su verdadera función y mi mujer coloca flores en él cuando puede sustraer algo del gasto y darse el pequeño gusto de adornar la casa. No ha logrado gustarnos, claro está, pero ha llegado a tener para nosotros un sentido tan hondo, un carácter tan íntimo de compañero, de testigo, de superviviente, que sin duda sufriríamos si por alguna de esas circunstancias que antes deseábamos y hasta proyectábamos, ahora se rompiera.

Parece que no nos damos cuenta y en realidad así es. Los objetos simplemente están y envejecen a nuestro lado. Pero en este momento que lo pienso, que lo escribo, me percato de la tierna importancia que tienen para nuestro amor y de cómo lo anudan y lo protegen.

Cuando nos casamos compré una batería de cocina: vasijas, sartenes, cucharones; todo flamante, de magnífico aluminio. Estaba yo muy satisfecho y muy seguro del entusiasmo que mi adquisición iba a producir en mi mujer. Pero cuando ella vio todos los objetos, nuevos y brillantes, dijo con una especie de inquietud.

—¡Ay, quisiera que ya estuvieran viejos!

No era precisamente la frase que yo esperaba, pero era, sin duda, la frase del buen amor. Del amor que más que en disfrutar las sorpresas y goces iniciales, piensa en lo duradero, en lo permanente. Nuevas, brillantes, esas vasijas no eran nuestras aún. Viejas ya, ahumadas, deformadas, sí lo serían y su deterioro significaría nuestro fuego, nuestros alimentos, nuestro tiempo, nuestra convivencia.

¡Y nuestros hijos! Ese milagro ante el cual vivo absorto. No sé, es algo extraño. Claro que no siempre estoy consciente de ello; trato a mis hijos con naturalidad, como cualquier padre. Pero a veces me ocurre que los oigo hablar y siento dentro de mí algo como el eco de su voz, o mejor, como si yo mismo hablara y el eco fueran ellos. No es amor de padre; no es orgullo. Es una extraña sensación física que me conmociona y me asusta.

Cuando nació José, mi mujer vivió el acontecimiento con gran naturalidad. ¡Nunca la he visto más contenta! Tomaba al niño en sus brazos, lo bañaba, lo cambiaba, lo mecía, le hablaba. Se reía de mí y me decía que estaba enamorado de mi hijo, porque yo permanecía horas enteras ante él, serio, silencioso, mirándolo únicamente.

—¡Por favor, José, déjalo, lo vas a hipnotizar!

Dejaba yo de mirarlo y me alejaba temblando de miedo. No de que le pasara algo, no de perderlo, sino de tenerlo, de que estuviera allí, viviendo, y de haberle dado vida en un profundo instante ajeno por completo a él, porque ni mi pensamiento ni mi corazón le estuvieron dedicados.

Me sentía en culpa, tenía remordimientos y pensaba en los hombres y en su gran soledad. Pensaba que llegamos al mundo solos, terriblemente solos. Pensaba en que si un hombre y una mujer que se aman y se acercan, no sienten que ese instante puede provocar nada menos que un ser, y no pueden acompañar a ese ser ni siquiera con una ráfaga de conciencia, ni de amor, ni de júbilo, ni de ternura, ni de terror, ni de piedad, quiere decir que el hombre nace solo. Y que igual que nace, permanece y muere solo.

Porque lo que sigue ya es distinto, añadido y provocado. Ya es el amor a una conmovedora presencia sin remedio; ya es el natural cuidado a lo indefenso; ya es la zozobra ante un llanto oído; ya es la sensación de estar ante algo, tangible y nuestro, que nos prolonga.

Yo sentía remordimiento por no haber pensado en mi hijo, aunque fuera vertiginosamente, pero dentro del vértigo mismo. Sentía remordimiento por no haberle dado, desde ese instante, o precisamente en ese instante, mi conciencia.

Pero no me di cuenta; no pensé en eso durante los largos meses de espera, que pasamos dedicados a frívolas conjeturas: —¿será un niño?, ¿será una niña?—, y en la búsqueda de un nombre y la confección de una ropita espumosa, de determinado color.

Sólo cuando lo vi y pensé que él me veía también, y cuando oí su llanto, el llanto con que se inicia la vida, me sentí culpable. Y para resarcirlo del tiempo que lo había dejado solo, sobre todo de aquel instante en que no había pensado en él, lo acompañaba siempre, a toda hora; lo miraba profundamente y dentro de mí le pedía perdón.

Pero a pesar de mi dedicación exagerada, yo sabía que ya nada tenía remedio. Que había estado solo en su primer instante; que había estado solo después, que lo estaba ahora y lo estaría siempre, hasta su muerte. Crecería, se sentiría cuidado y amado; se rodearía, más tarde, de otros seres, elegidos por él; amaría a su vez, tendría hijos con la misma indiferencia con que yo lo tuve a él, y moriría solo, tan solo como nació.

Entonces me angustiaba pensar en ello.

Ahora sé que en esos dos solemnes momentos del hombre, cuando nace y cuando muere, nadie puede acompañarlo. Y lo sé porque, como siempre, ella, mi mujer, que sabe todo lo que no tiene que aprenderse, me lo reveló sin darse cuenta:

Una noche que José lloraba, le pregunté:

—En esos momentos, mientras nos amábamos, dime la verdad, ¿pensaste en el niño?

Y ella me contestó con voz queda, acercándose a mí:

—En esos momentos no pienso.

—Yo tampoco —le contesté para no avergonzarla en su amor. Pero después, para avergonzarla en su maternidad inconsciente, igual que yo lo estaba en mi paternidad, dije con toda intención:

—¡Pobre niño!

Fue cuando ella repuso inmediatamente, convencida:

—Pobre niño si en esos momentos hubiéramos pensado en él; creo que jamás nos perdonaría la premeditación.

Sentí como un golpe. Después, también como un golpe, sentí que ella tenía la verdad. Y supe que era la verdad porque me tranquilizó y me cerró de pronto el camino.

Desde esa noche pude ver a mi hijo alegremente. Porque, claro, no es la conciencia, sino el olvido de la conciencia, lo que abre la puerta al milagro. La más ligera sombra de conciencia en ese gran momento misterioso, equivaldría a la soberbia máxima. Y no es la soberbia, sino el estado de gracia, lo inefable, lo jamás pensado, la inocencia total, lo que nos permite soportar la aterradora verdad de que hemos dado vida a un ser consciente.

A veces me sirve que la pipa se apague. El tiempo que empleo en cargarla y encenderla de nuevo, me obliga a releer la última frase. Esta vez me he encontrado con un remate suntuoso: "la aterradora verdad de que hemos dado vida a un ser consciente".

¡Por Dios, por Dios! ¿Por qué me empeño en escribir? ¡Debo hablar, hablar y nada más! Cuando hablo nunca digo esas cosas. Lo hago con mis palabras sencillas, que expresan mis verdades y mi vida, sencillas también.

Es el escribir lo que me complica y me altera; y es natural, sólo que no puedo todavía, o no quiero, darme cuenta de que mi única expresión auténtica es la hablada de todos los días; la que no preparo, la que sale naturalmente: el canturreo en el baño; el apresurado "hasta luego" de cuando en las mañanas salgo con prisa; el improperio en el camión atestado de gente; el "buenos días", ligeramente cordial, de cuando llego a la oficina; el manso "sí, señor", "como usted ordene, señor", ante el jefe; la usual conversación familiar durante la comida, salpicada de esas inútiles reconvenciones paternales: "¡acábate eso, Lorenzo..., tienes que alimentarte..., estás muy flaco...!", o los fingidos elogios a un platillo modesto y común, cuyo único mérito consiste en el esfuerzo que mi mujer ha hecho para que, cambiando algún ingrediente, tenga un sabor y un aspecto distintos; o el "sí, vengo temprano" de cuando me voy a trabajar nuevamente, en la tarde; y en la noche, ya acostados, el repaso diario de nuestros problemas domésticos: el carácter de nuestros hijos, su incierto porvenir, los conflictos económicos; todo eso en un susurro íntimo que poco a poco nos va arrullando hasta que uno de los dos se queda dormido y ya no contesta las últimas palabras del otro que, al darse cuenta, apaga la luz y se duerme también a los pocos momentos.

Ese es mi lenguaje, el tenue lenguaje de mi destino.

Y claro, cuando me empeño en alterarlo en este cuaderno y darle un tono distinto y matizarlo con reflexiones y preguntas que están categóricamente contestadas en mi realidad, tengo que retractarme y avergonzarme de lo que escribo.

"La aterradora verdad de que he dado vida a un ser consciente" es sólo la versión ampulosa de lo que, en mi verdadero lenguaje, diría de este modo: "tengo dos hijos; dos hijos que poco a poco van apoderándose de su vida y excluyéndome de ella; tengo miedo; haría cualquier cosa por verlos felices".

Esas sí son mis palabras y expresan cabalmente mi amor, mi intranquilidad y mi disposición al sacrificio.

Pero cuando escribo, el deleite de lograr una frase, de encontrar un adjetivo, de redondear el párrafo, deforman la expresión de mis verdaderos sentimientos, que son exactamente iguales a los de cualquier otro padre, pero que en ese tránsito por lo... literario, diremos, pierden su fuerza y su autenticidad.

Comprendo que si yo supiera escribir, todo ocurriría a la inversa: cualquier sentimiento cobraría fuerza y alcanzaría su claridad total al ser explicado o revelado. Pero como no sé, en vez de revelarlos o explicarlos, los deformo en mi afán de escribirlos. Me siento satisfecho de momento, cuando encuentro el vigoroso calificativo de "aterrador", y lo aplico al natural suceso de que tengo un hijo.

Si en realidad ese suceso me pareciera aterrador y si, sobre todo, considerara estrictamente que "he dado vida a un ser consciente", yo, ser consciente, no podría vivir. ¡Qué distinto pensar, como pienso para cuando hablo, no para cuando escribo, que no he sido más que un canal, sumiso y ciego, por el que no sé, ni sabré nunca cómo, se deslizó un aliento de vida que desembocó en mi arrogante hijo José y en mi triste, mi desmedrado hijo Lorenzo!

Por eso, por desear tener una voluntaria intervención en este suceso, no aterrador, sino natural, sufrí algún tiempo. Ya lo he contado antes. Pero ahora, que lo siento tan claro, no sé si escribí la verdad; si realmente sufrí cuando nació mi primer hijo, o si fue algo que imaginé para escribirlo, porque me pareció profundo y propicio a la reflexión.

Mi deseo es decir la verdad siempre, aquí, en este cuaderno tan mío. Pero a veces me ocurre, o que he olvidado la verdad, o que creo que lo que escribo es la verdad, o que escribo lo que me gustaría que fuese la verdad. Al revisarlo encuentro contradicciones que no corrijo porque pienso, cada día con mayor convicción, que nadie va a leer esto nunca, ya que una noche cualquiera tendré el valor suficiente para quemarlo todo.

El día de mi cumpleaños estuve a punto de hacerlo. Me salvó —o me perdió— la idea de que era un acto heroico, tan heroico que no podía ser realizado por mí. Me puse a meditar hondamente en lo que sucedería cuando yo viera mis cuadernos convertidos en un montón de ceniza. Y tuve miedo. No porque crea que lo que he escrito tiene algún valor; pero sí porque supongo que quemarlo, precisamente por ese motivo, es decir, porque no vale nada, revelaría tan espléndido esfuerzo, que no podría vencer la tentación de consignar mi gesto.

Y abriría un nuevo cuaderno y quedaría preso otra vez, alargando y alargando el relato de mi sacrificio. Un cuaderno que empezaría, naturalmente, con una gran mentira:

"Por fin tuve el valor de dejar de escribir; por fin comprendí que no podía hacerlo y rompí valientemente aquellos cuadernos en los que…"

Y volvería a pedir perdón, a todos y a nadie,

por esta recaída, asegurando que sólo iba a escribir, como recuerdo, la sensación que experimenté al romper, por fin, definitivamente, para siempre, mis cuadernos inútiles, pero tan míos y tan queridos.

Toda la mañana he estado pensando en lo último que escribí. Es cierto. Si rompo los cuadernos, me asaltará la idea de escribir otra vez, para contar que lo hice. No debo, pues, desorbitar ni prestigiar demasiado el gesto. Pero, en cambio, podría hacer algo menos riguroso, menos heroico y mucho más efectivo. Sí, creo que estaría muy bien.

Debo guardarlos, no escribir ni una letra durante un año entero; —bueno, seis meses serían suficientes— y emplear todo ese tiempo en observarme con el mayor detenimiento, con absoluta honradez, día por día.

Comprar una libretita corriente, de esas que usan en las escuelas, y todas las noches, antes de acostarme, anotar en ella, con sinceridad, si mi tentación de escribir ha sido muy fuerte ese día, si ha sido soportable, o si no la he sentido.

Podré, a veces, ampliar un poco el dato,

siempre que ello sirva al fin que pretendo. Es decir, quiero averiguar, pero seriamente, científicamente, por estadística, cuántos días me siento bien y cuántos mal, durante esos seis meses de abstención. Si resultan más días buenos, significa que puedo soportarla perfectamente y que sólo es cuestión de hacer un pequeño esfuerzo de voluntad. Si resultan más días malos, entonces... no, pero no lo creo.

Al decir que algunas veces podré ampliar un poco el informe, me refiero a que en ocasiones le ocurren a uno cosas extraordinarias, imprevistas, que, naturalmente, alteran el ritmo diario. Cuando eso suceda, me estará permitido consignar el acontecimiento, para poder descontar ese día en la operación final.

Porque es cierto: aunque mi vida es muy monótona, puede sucederme algo que absorba por completo mi atención y me impida pensar en otra cosa. Entonces, si no lo anoto, no sabré con precisión si en tal fecha tuve o no deseos de escribir, y en el resumen quedarán flotando muchos días. Esto alteraría el promedio y arrojaría un resultado erróneo.

Y no quiero exponerme; ya que voy a hacer el sacrificio, quiero que todo salga exacto. Porque, realmente, es un sacrificio. Me da pena escribirlo, pero para mí constituye un terrible esfuerzo tomar cualquier decisión. Me falta carácter, valor. Soy así desde muy niño.

Recuerdo lo que sufría para elegir un solo dulce entre los muchos que, en aquel cajoncito adornado con papel de china, vendía doña Lola Urrutia para "ayudarse con los gastos". Eran de almendra y en forma de frutas: piñas, peras, manzanas, naranjas; pequeñitos y hechos con verdadera maestría. Me gustaban mucho; pero elegir uno, uno solo, disminuía, hacía desaparecer, casi, el placer de la compra, porque después siempre me asaltaba la idea de que los desechados eran más grandes y mejores. Y doña Lola, inflexible: "Ver, lo que quieran, pero nada de andar tentando uno y otro." El tocado era, pues, el definitivo, el implacable, el sin remedio. Me quedaba con él, pero mi deseo permanecía en los otros. Empezaba a roerlo lentamente, con una especie de amargura por esa posesión sin alternativa. Pero era un dulce, sabía bien y poco a poco me iba reconciliando con él. Así me ha pasado siempre en la vida.

Igual era con el traje que cada año, a principios de diciembre, me compraba mi madre para que me sirviera en las posadas y después sólo los domingos. ¡Qué tormento! Luego, ya con él en mi casa, ante el espejo, qué seguridad de que el otro, aquel "azulito" que mi mamá me recomendó tanto, era el que debía haber comprado. Me lo ponía y salía a la calle temblando, esperando los elogios. Nunca faltaba una buena vecina que me dijera: "¡Conque de traje nuevo, José!" Y aunque en realidad eso no era un elogio, sino una simple observación, yo la tomaba por tal, sonreía, y pasaba tenuemente los dedos sobre la manga de aquel áspero y barato casimir.

E igual para elegir a mi primera novia, cuando tenía yo once años. Junto a mi casa vivían dos hermanas, más o menos de mi edad, rubias y regordetas. Su padre era un alemán que atemorizaba a todos con sus carcajadas estruendosas. Un buen hombre que tomaba la vida plácidamente y sólo pensaba en beber cerveza y en regresar algún día a su país. Yo quería una novia —en la costa todos los muchachos la tienen desde muy pequeños—, pero no sabía si decidirme por Elsa o por Gerda. Las dos me gustaban, a las dos las quería. Escribía en el colegio, a escondidas, mi carta de declaración, y dejaba en blanco el nombre:

"Querida...

"Desde hace mucho tiempo quiero pedirte que seas mi novia y que no vayas con nadie más que conmigo al mar..." Y otras cosas de abrazos y de besos...

Pero cuando ya estaba firmada y trazado el complicado signo de la rúbrica, surgía el eterno titubeo: ¿Elsa? ¿Gerda? Y el propósito se aplazaba una vez más.

Y así se aplazó hasta que una tarde, en la playa, Elsa escribió en la arena, con una varita: "¿Quieres ser mi novio?" Y yo sólo tuve que contestar, con la misma varita, que ella puso en mi mano: "Sí". Entonces me ordenó: "Escríbeme una carta y te me declaras."

Así lo hice. Después supe que el día anterior, Gerda había recibido una carta como la que Elsa me pedía, no porque tuviera interés en mí, sino para estar en igualdad de condiciones que su hermana.

Así se decidió mi primer noviazgo, del que forzosamente tendré que acordarme siempre, porque todavía conservo en el brazo, debilitada por el tiempo, una letra "E". Me la hice tatuar y después he tenido que soportar preguntas. Pero ¿cómo no iba yo a ir, como los marineros, a que me grabaran en la piel, para

siempre, el nombre de mi primer amor? Feliz-
mente, sólo pude pagar una inicial. De haber
tenido dinero entonces, ahora luciría su nombre y apellido (Elsa... Elsa... ¿Elsa qué?), encerrados en un gran corazón. En este corazón
que ya no recuerda completo aquel nombre que pronunciaba en la noche, secretamente, como un turbio pecado.

Y no era timidez. No; era avidez. Lo quería
todo y no me resignaba a elegir, porque la
elección significaba un corte al total anhelado.
Ahora pienso que quizá, muy dentro de mí,
presentía que después no iba a tener casi nada
de lo que entonces deseaba con tanto ardor.
Que tal vez me defendía de la mediocridad en
que después iba a hundirme.

Pero ¿qué hacer? Sin notarlo, sin sentirlo
casi, la vida me colocó en este primer peldaño
del que ya no puedo pasar.

Todo lo que voy a escribir hoy es rigurosamente cierto. Lo digo porque parece que hago trampas. Y no es así. La otra noche se me fue un poco la pluma, es verdad, y sin darme cuenta conté esas tonterías acerca de los dulces y de Elsa.

Pero el cerrar el cuaderno, como a las diez y media, lo guardé con llave, solemnemente, y me fui a acostar. No podía dormir pensando en que desde esa fecha empezaba a correr el plazo de seis meses que me había impuesto. Dio la una de la mañana. Como es natural, en esas horas de vigilia cruzaron por mi cabeza muchas cosas. Traté de recordar, ya que lo iba a tener guardado durante seis largos meses, cuál era la primera frase que aparecía en el cuaderno, y cuál la última. De la primera no me acordé, por más esfuerzos que hice, pero la última, como acababa de escribirla, quedó grabada en mi mente y podía repetirla una y otra vez, con exactitud: "Pero ¿qué hacer? Sin notarlo, sin sentirlo casi, la vida me colocó en este primer peldaño del que ya no puedo pasar... del que ya no puedo pasar... no puedo pasar..."

De pronto sentí algo, no sé exactamente qué. Era una especie de desdoblamiento; como si otro hombre se irguiera dentro de mí, se calzara unas botas duras, con clavos en la suela, y empezara a caminar a grandes pasos, nervioso, tratando de salir de algún lugar, para ir a otro determinado, aunque desconocido. Estaba yo incómodo, temeroso por sentir en mi interior a ese personaje grueso y estridente. Recuerdo que pensé: ojalá se salga, ojalá se vaya cuanto antes; me estorba, me desagrada. Pensé también: lo que sucede es que estoy nervioso. Fui a la cocina, puse a calentar agua y esperé pendiente del momento en que surgieran las primeras burbujas del hervor. Preparé el té y lo tomé a pequeños sorbos.

Pasó un rato, pero seguía sintiendo exactamente lo mismo: alguien dentro de mi quería decir algo, decía algo. Como no podía dejar de oírlo, traté de oírlo. Pero no entendí nada.

Sé que todo está muy mal explicado; sé,

además, que podría simplificarlo y decir sencillamente: sentía yo una gran inquietud. Si lo dijera así, lo comprenderían todos. Pero no era eso.

Una vez vi un cuadro en el aparador de una gran tienda de arte: desde una loma, un hombre y una mujer, de espaldas, abrazados, contemplaban el paisaje de su pueblo, un caserío pequeño. Empezaba a oscurecer; todo estaba envuelto en una sombra tenue. Sólo era eso, pero yo sabía que, de esperar un poco, en el cuadro aquel seguiría oscureciendo, más y más, y que al caer la noche el hombre y la mujer se tomarían de la mano y se irían. Lo estuve mirando largo rato. De pronto, como si despertara, me dio mucha vergüenza y me alejé apresuradamente.

Esa noche también sabía que de esperar un poco, dentro de mí iba a suceder algo.

Y ocurrió:

Eran las dos y media. Sin saber en qué momento ni por qué, me vestí y me salí a la calle sin avisar a mi mujer. Nuestra casa está en un barrio lejano y populoso, pero a esa hora ya no había nadie en la calle. De cuando en cuando el silbato del velador rompía el silencio. Caminaba sin rumbo y oía mis pasos distintamente; pero quería oírlos mejor, sentir que eran más fuertes, y empecé a marchar de un modo extraño, un poco marcial, levantando mucho los pies y dejándolos caer pesadamente, al mismo tiempo que contaba: uno, dos, uno, dos, uno, dos. Me fatigué muy pronto. Casi nunca camino, y menos de esa manera enérgica. Las piernas me temblaban y el corazón me latía apresurado. "Todo esto es absurdo" —dije en voz alta—, y me detuve. Pero al oírme comprendí que no lo era y que no debía, por ningún motivo, perder ese vigor.

Reanudé mi marcha. Uno, dos, uno, dos. Llegué por fin a la calzada, llena de luz y de ruidos. De una cantina salía una ríspida música de sinfonola. Fui hacia allá y sin pensarlo, como si fuera un movimiento habitual, empujé fuertemente las puertas de goznes, que quedaron balanceándose detrás de mí. Al principio no vi más que una espesa nube de humo. Me acerqué a la barra, arrojé un billete de cinco pesos en el mostrador y grité:

—¡Un tequila doble!

No era necesario hablar en voz tan alta, puesto que el cantinero estaba enfrente de mí, pero mi tono debió ser impresionante, porque el hombre me sirvió en el acto una gran copa, que yo vacié de un trago.

Pedí otra y a fin de tomarla más despacio busqué una mesa. Todas estaban ocupadas, pero no me importó. Me acerqué a unos hombres torvos, preguntando con una cortesía que más bien era un reto:

—¿Molesto?

Me miraron extrañados. Uno dijo:

—No; si quiere, siéntese.

Lo hice. Ellos dejaron de hablar.

Pensé levantarme. ¿Qué hacía yo en esa mesa, junto a esos desconocidos? Pero era tan humillante alejarme así, despedido por un silencio indiferente... No, prefería provocarlos para que por lo menos me insultaran:

—¿Qué pasa...? ¡Sigan platicando!

No puedo explicar por qué actué así, pero en ese momento me parecía natural. Y en realidad no estaba esforzándome, no estaba representando ningún papel. Al contrario, poco a poco me sentía más seguro, como incorporado a ese personaje que no era yo, pero que mandaba en mí.

Pedí más alcohol. De lo que ocurrió después, sólo me acuerdo vagamente: carcajadas, una música ensordecedora, una mujer sentada junto a mí tarareando una canción, mi credencial del Seguro que iba de mano en mano; un vendedor de animalitos de celuloide..., no sé más.

Al día siguiente desperté en mi cama y mi mujer me dijo que era el colmo: que unos hombres con caras de asesinos me habían llevado a la casa, "ahogado de borracho", y que, gracias a Dios, los muchachos dormían profundamente y no me habían visto en ese estado.

Ella creyó que, como otras veces, me iba a quedar en cama, silencioso, lleno de vergüenza, y que podría cuidarme y hacerme reproches durante todo el día. Se sorprendió mucho cuando me levanté, me bañé y me puse mi traje nuevo.

—¿Vas a seguir tomando, José?

—No, voy a trabajar.

—¿Y para qué te pones el traje nuevo? ¿A dónde vas?

No contesté.

Llegué a la oficina y fui directamente al despacho del gerente. Ante la puerta de su privado sentí que las piernas me flaqueaban, pero hice un esfuerzo, me arreglé la corbata y entré.

No voy a repetir toda la conversación. No puedo, no la recuerdo bien. Hablé atropelladamente: "usted comprende, señor Andrade..., un hombre no puede quedarse siempre en el primer peldaño".

El no comentaba nada, movía la cabeza, fumaba, jugaba con un lapicero. Pero al fin dijo:

—Es cierto, García...; usted trabaja bien, es cumplido...

¡Y me dio un aumento de doscientos pesos mensuales!

Mi mujer se quedó sorprendida. Le compré en abonos un refrigerador. No es muy grande, pero, ¡es tan bonito!

He contado esto para explicar lo que dije al principio: no estoy haciendo trampas. Este fue un suceso imprevisto, agradable, digno de anotarse. Mañana empezarán a correr los seis meses. Total, un día más o menos no tiene importancia. Y realmente fue imprevisto. Si esa noche me hubieran dicho que me iba a emborrachar y que al día siguiente lograría un aumento de sueldo, me habría reído. No sé qué me pasó. Tal vez, al escribirlo, sentí vergüenza de estar colocado en un sitio tan bajo; tal vez pretendí olvidarme de mí mismo y quise fingir un poco, entre desconocidos. O tal vez... ¿podrá ser? No, entonces sí sería una trampa; pero lo cierto es que acaba de ocurrírseme: ¿Será que quise provocar un suceso importante, distinto, para tener que escribirlo?

No, mi resolución es firme, mi plazo está fijado: seis meses, seis meses de completa abstención. Sólo así me será posible saber si puedo no escribir; si puedo olvidar ese absurdo proyecto del libro; o si debo aceptar humildemente que lo que más amo en el mundo, lo que más me interesa, lo único que me consuela de mis fracasos, de mi pequeñez, de mi oscuridad; lo que pone ansiedad en mi corazón y alegría en mi vida, son mis cuadernos, mis cuadernos de los que hoy, esta noche me despido.

Pero tengo que hacerlo. Durante todo ese tiempo, ni siquiera los abriré, para no caer en la tentación de escribir. Si acaso, algunas noches podré releerlos un poco, cambiar algunas palabras si encuentro muchas repeticiones; y, sobre todo, revisar muy bien la ortografía, que siempre me ha preocupado. Estoy seguro que tienen muchas faltas. Nunca he sabido las reglas y cuando tengo dudas, que es con frecuencia, lo que hago es escribir la misma palabra, con diferente ortografía, en un papel aparte. Luego comparo, y opto por la que me parece mejor. Pero esto, naturalmente, no me da seguridad alguna y tal vez el cuaderno está lleno de errores. Compraré un buen diccionario y, aprovechando que no voy a escribir, puedo revisar bien, palabra por palabra, asegurándome de su corrección.

Esto me recuerda un fracaso que sufrí cuando estaba en el último año de primaria. La profesora, Josefina Zubieta, de la que yo y todos los demás niños estábamos perdidamente enamorados, tenía sin duda un gran espíritu deportivo, porque en todas las materias organizaba competencias, usando el que ahora supongo nada buen sistema de dividir el grupo en dos bandos rivales y ensañados: competencia de aritmética, de geografía, de historia, de todo. El supremo esfuerzo de derrotar a nuestros contrarios, cierto que nos hacía estudiar, pero lo que ganábamos en cultura lo perdíamos en fraternidad, en camaradería, por lo menos parcialmente, porque si el grupo constaba de cincuenta muchachos, la mitad eran nuestros amigos, casi nuestros hermanos, y el resto nuestros enemigos mortales, irreconciliables. Y lo que nuestra profesora suponía que era una noble justa, no lo era en realidad, ni terminaba en la escuela, sino en los callejones y a pedradas.

En la competencia de ortografía yo hice perder a mi bando al escribir una palabra que jamás he podido olvidar: "escasez". Me era tan familiar, la oía en mi casa con tanta frecuencia, que cuando pasé al pizarrón, la escribí rápidamente y con gran seguridad. ¡Ay! creo que sólo en las vocales no me equivoqué.

Aquel error me preocupó durante mucho tiempo. Hasta pensé, alguna vez, tomar clases para escribir correctamente. Pero ese propósito, como muchos otros, se fue diluyendo en la rutina diaria, en la escasez —desde entonces la escribo bien— de dinero; en el problema doméstico, en todas esas cosas que, poco a poco, han ido recortando mis ambiciones y mis sueños.

No quiero que a mis hijos les suceda lo mismo. Es difícil que logre verlos ya formados, maduros. Sobre todo a Lorenzo. No soy ningún joven. Tal vez a José. Sí, se casará pronto; no piensa más que en el amor. ¡Pobre hijo mío! Por amor sufre ahora, con ese bronco dolor de la adolescencia.

Hace poco fui al restaurante donde trabaja Margarita, y desde un sitio discreto estuve observándolo, sin que advirtiera mi presencia. No sé si sentía yo por él la más profunda lástima, y por eso lloré, o si mis lágrimas eran por mí mismo, por mis veinte años, tan lejanos ya. ¡Cómo la seguían sus ojos por todas partes; cómo se suavizaban cuando pasaba a su lado; cómo se volvían torvos y angustiados cuando ella le sonría a algún cliente; cómo veía a cada momento su reloj, calculando el tiempo que faltaba para que cerraran el café; cómo miraba a la puerta, temeroso de que a última hora entraran otras personas y la muchacha tuviera que servirles! ¡Y qué cara puso el pobre cuando me vio! Yo me hice el distraído y pasé junto a él contando el dinero que me habían dado de cambio. El abrió rápidamente un libro y fingió que leía.

Esa noche no le dije nada; dejé pasar algún tiempo y entonces traté de convencerlo de que esa mujer no le convenía. Utilicé tímidamente los argumentos que usan todos los padres: te distrae de tus estudios, necesitas terminar tu carrera, debes buscar una novia, una chica de tu edad.

¡Qué hueco debe haberle sonado todo, qué sin sentido, qué débil ante su tumultuoso primer amor!

Me escuchó sin interrumpirme y luego, como si él fuera el viejo y yo el joven, dijo:

—No puedes entenderlo, papá.

Tal vez tenga razón. El siente que yo no puedo entenderlo. Considera que mis cincuenta y seis años son capaces de conservar el recuerdo de un amor de veinte, pero no los matices. Que guardo dentro de mí el suceso en conjunto, compacto, como petrificado, pero que ya no puedo separar y darles su valor exacto a todas las emociones que ese amor suscitaba. Que ya no entiendo las lágrimas, ni la esperanza, ni el deseo, ni esa verdad absoluta de que el mundo principia en la cabeza y termina en los pies de una mujer. No hay otros contornos, no hay otro horizonte. Ella, sólo ella, su pequeña dimensión, lo contiene todo.

Así es. Así era para mí también. Podría decírselo y asegurarle que lo recuerdo claramente. Podría confesarle que con esos recuerdos ardientes he poblado mi vida, mi tenue vida sin fulgores.

Pero él tampoco podría entenderme. Me conoció vencido ya, uncido a mi rutina, y nunca le he dado el espectáculo de una hazaña brillante. No soy el héroe de mi hijo. No he podido serlo. Al principio le parecía interesante y misterioso que por las noches me encerrara a escribir. Esperaba mi libro, y con él, al padre del que hubiera podido enorgullecerse. Ha pasado mucho tiempo. No le importa ya. Como tiene toda la vida por delante, no ha aprendido a esperar.

No lo culpo de nada. ¿Cómo va a pensar que lo entiendo si para hablar de su amor menciono edades y estudios? Pero, ¿qué otra cosa puedo hacer? Hay un lenguaje de años, de experiencia, que es el obligatorio, el entrañable y leal, y que, no obstante, resulta frío y árido. Un lenguaje sabio, el único adecuado, pero que en vez de acercarnos, nos aleja de aquellos a quienes tratamos de proteger con él.

Yo lo entiendo y me avergüenza usarlo. Mi impulso sería decirle: lo que tu sentimiento considera esencial, eso es lo esencial. No hagas caso de mis consejos; la experiencia está al final del camino y yo no debo quitarte ni el gusto del camino, ni la triste riqueza que vas a encontrar cuando lo hayas recorrido. Porque la experiencia es eso: una triste riqueza que sólo sirve para saber cómo se debería haber vivido, pero no para vivir nuevamente. Yo podría protegerte, pero ¿te interesa mi protección? Lánzate a tu vida desnudo, inexperto, inocente. Y sal de ella maltrecho o victorioso. Eso, al fin y al cabo, es igual. Lo importante es la pasión que hayas puesto en vivirla.

Pero, en rigor, ¿puedo, debo hablarle así?

Siempre estoy en duda. La verdad es que no sé cómo tratar a mis hijos. A veces me gustaría no dudar tanto y concretarme a imitar la firme actitud de mi mujer.

Para no preocuparla le oculté la relación de José con Margarita. Cuando me preguntaba:

"¿Por qué andará ese muchacho de tan mal humor?", yo, invariablemente, esquivaba la respuesta: "La edad..., así se ponen siempre..., ya se le pasará."

Pero hace algunos días, una vecina la enteró crudamente de todo. No hizo nada de lo que yo esperaba: ni llanto, ni escenas, ni tragedias. Con una gran naturalidad se enfrentó a su hijo y lo amenazó como yo no me hubiera atrevido a hacerlo jamás:

—¡Que yo me entere de que sigues en líos con esa fulana y ya puedes prepararte!

En ella, esa amenaza era protección, tal vez un poco feroz. Dicha por mí, esa misma frase hubiera sonado a tiranía.

¿Por qué? No lo sé; pero creo que es porque ella tiene el valor de sentirse dueña de sus hijos, mientras ellos o la vida no le indiquen lo contrario. Yo, en cambio, siento que no me pertenecen; que no puedo tener la soberbia de sentirlos míos; que su dependencia de mí es accidental, y que sólo puedo dirigirme a ellos con el temor que nos inspira todo lo misterioso.

Pero fue ella, directa y arbitraria, la que logró lo que yo no pude conseguir con mi respetuosa, recatada intervención:

Una noche, durante la cena —Lorenzo ya se había acostado—, José nos dijo:

—¡Ya estarán contentos; terminé con Margarita!

Vi que le temblaban los labios y que hacía esfuerzos por no llorar. Sentí una gran pena y me apresuré a explicarle:

—Yo no estoy contento de algo que te causa dolor, hijo, pero...

Ella me interrumpió:

—Yo sí, contentísima. Comprendo que es un dolor, pero te faltan muchos, José.

El pobre muchacho nos miró con los ojos llenos de lágrimas. Yo estaba indignado por la dureza de mi mujer e iba a decir algo que suavizara sus palabras, pero ella se adelantó:

—Te falta el de ver llorar a un hijo.

Y entonces ocurrió algo que me dejó aislado, como si fuera yo un extraño que nada tenía que hacer entre ellos: José corrió hacia su madre y la abrazó con tal ansiedad que parecía que, al mismo tiempo, se aferraba a su infancia y se despedía de ella. Mi mujer cerró los ojos. Comprendí que en ese instante los dos estaban lejos de mí, como fuera del mundo.

Fue sólo un momento, porque ella, sorprendiéndome otra vez, cortó en seco la emoción de su hijo:

—Anda, a dormir; y saca de una vez lo que te vas a poner mañana...; luego andas a las carreras.

—Sí, mamá —dijo él dócilmente, como un niñito.

De mí se despidió a la ligera.

—Buenas noches, papá.

No recuerdo si le contesté.

Mi mujer empezó a levantar los platos; yo la observaba. Quería decirle algo, pero otra vez temía hacerle daño. Finalmente me decidí:

—¿Crees que José no volverá a ver a esa mujer?

—No, ¡qué voy a creer!; la buscará mañana mismo. No puede hacer otra cosa el pobre.

—Pero... ¿y entonces?

—Le volveré a regañar. Yo tampoco puedo hacer otra cosa.

Después, sin transición, como si no hubiera sucedido nada:

—Acábate ese café, ya debe estar frío.

Volvió a verla, naturalmente. Creo que es inútil decirle nada. Yo, por lo menos, no lo haré. Sé que no es feliz, que desea no quererla. Pero si no puede dejarla, ¿para qué atormentarlo, para qué agravar su situación?

Además, y esto es lo cierto, no tengo autoridad moral para exigírselo. El no sabe que no la tengo, pero yo lo sé. Mi mujer puede hablarle de rectitud y de fuerza, porque es recta y fuerte. ¿Pero yo?

Fue hace cinco años. ¡Y tan inesperado!

Tengo un amigo, tal vez el único realmente íntimo: Pepe Varela. Entró a la empresa después que yo, y como nuestro trabajo se relacionaba, lo orienté un poco. Me agradecía cualquier indicación con un expresivo: "¡Muchísimas gracias, tocayo!"

Y así, insensiblemente, como me ocurre siempre, nos hicimos amigos. Una noche lo invité a cenar a la casa. A mi mujer le simpatizó mucho. Es un hombre sano, alegre, cordial. Otro día fuimos a comer con él. Su esposa le desagradó profundamente a la mía. Y lo entendí muy bien. No quiso tener en lo sucesivo ni siquiera un simple trato con aquella mujer pintarrajeada, frívola, que hablaba a gritos y pasaba horas enteras en las estaciones de radio, contemplando a los que ella llamaba sus "ídolos".

—Trae a Pepe a la casa, pero a esa señora no quiero volver a verla en mi vida.

El viene con frecuencia, le regala juguetes a Lorenzo y mi mujer lo aconseja, lo regaña y lo consiente. Ellos no tienen hijos.

Cuando cumplieron diez años de casados hicieron una fiesta. El pobre insistió en que fuéramos los dos, pero mi mujer, que no habría ido de ningún modo, pudo dar el pretexto de que Lorencito estaba enfermo. Fui solo.

¿Cómo pudo ocurrir? Aún me lo pregunto. Era una amiga de la esposa de Pepe; una señora bastante joven, guapa, alegre y estrepitosa. Viuda de un militar, vivía modestamente de la pensión que le pasaba el Gobierno. Por lo menos eso me dijo.

Fue absurdo creer que se interesaba en mí. Tenía yo entonces cincuenta y un años y, ya lo he dicho, no poseo el menor atractivo. En ese tiempo ya no me preocupaba de gustar a ninguna mujer. Cualquier galantería, cualquier intento, me parecían grotescos. Estaba, creía yo, definitivamente agotada mi inquietud. Tenía a mi mujer, la amaba plácidamente y llevaba la vida normal de los hombres, si no decrépitos (tenía un hijo de dos años), sí cansados y situados ya en una edad madura y resignada.

Durante la cena se me insinuó abiertamente. Yo estaba sorprendido, pero nada más. Lo atribuí a que habíamos tomado varias copas y no le di la menor importancia.

Recuerdo que al llegar a mi casa, bromeando, le dije a mi mujer:

—Hice una conquista.

Y que ella me contestó:

—¡Qué bueno!, pero me la cuentas mañana, porque ya es muy tarde.

Me acosté y empecé a sentirme mal. Le pedí que me diera un poco de bicarbonato. Se levantó y me dijo riendo:

—¡Vaya Tenorio! ¡Si tu conquista te viera con esa cara!

Yo también me reí. Y no volví a acordarme del asunto.

A los dos días me habló por teléfono a la oficina. Cuando me dijeron que me llamaba una señora, se me doblaron las piernas.

¡Lorenzo! —pensé.

Mi mujer sólo me habla al trabajo cuando ocurre algo grave: aquella vez que José se cayó y se abrió la cabeza; cuando le avisaron que su padre había muerto; el día en que la criada se quemó las manos con el gas. Sólo para esas cosas. Y el niño estaba enfermo.

Pero era ella, Lupe Robles, y quería invitarme "al santo de una sobrina".

Se lo conté a Pepe y me dijo que cuando me fui de la fiesta, ella había hablado muy bien de mí. Y luego, con esa especie de voracidad masculina, me aconsejó:

—Yo que tú, iba. Total, una aventura a nadie le cae mal.

Por primera vez desde hacía muchos años, mentí a mi mujer. El corazón me latía fuertemente mientras le explicaba, con más detalles de los necesarios, que no había podido encontrar una diferencia y que iba a quedarme después de las horas de oficina para revisar varias partidas; que Pepe se había ofrecido a ayudarme y que al salir cenaría con él en cualquier parte.

—Vengan acá si quieren, les tendré algo.

—No, quién sabe a qué hora terminaremos.

—No te desveles mucho, hijo, demasiado trabajas ya.

No sé si sentí vergüenza o ira al escucharla. ¿Por qué no dudaba de mí y trataba de impedir que me fuera, para que yo pudiera exaltarme, pelear y apaciguar un poco mi conciencia? Me habría ido de todos modos, pero no con esa sensación de remordimiento. Y me habría ido porque no podía hacer otra cosa. Aquel llamado despertaba en mí una zona dormida, seca, aletargada por mis problemas y mi fatiga. Pero allí estaba aún y ahora se desperezaba lentamente, temblando de sorpresa y de miedo.

¡Me había buscado una mujer! Iba, pero no precisamente a encontrarme con ella, sino conmigo mismo. No me interesaba como mujer, en un aspecto natural, erótico, sino como el personaje que me había buscado, que me había elegido. Esto me provocaba tanta emoción y agradecimiento, que nada ni nadie habría podido impedir que acudiera al llamado.

Quise hacer bien las cosas, aparecer galante y entendido. Antes de entrar a la oficina pasé a una florería y ordené un gran ramo para la sobrina y un "corsage" para ella. Cuando me indicaron lo que costaban sentí que se me oprimía el corazón y recordé a mi mujer, ahorrando, regateando, cuidando hasta el último centavo para "acabar bien la quincena". Por un instante pensé en cancelar la orden; luego, en disminuirla, pero me dio vergüenza con la empleada, esa señorita a quien no conocía y a quien seguramente no volvería a ver en toda mi vida. Y pagué, fingiendo gran aplomo, una cantidad que equivalía a cuatro o cinco días de gasto en mi casa.

Exigí que arreglaran las flores en mi presencia; quería ver cómo quedaban. Se tardaron mucho, llegué tarde a la oficina y estuve tan nervioso que no pude hacer nada; después fui a buscar a Pepe a su departamento y hablamos de ella.

—Aprovéchate, pero no la vayas a tomar en serio.

—¿Por qué me dices eso?

—¡Hombre, por qué ha de ser...!

No quise que me explicara más. Algo, no sé qué, me hizo cambiar la conversación. Tal vez me defendía instintivamente para después poder alegar ignorancia.

Pepe no advirtió nada. No es muy sensible,

es un hombre común y corriente, como yo, que en este caso, más que nunca, lo demostré.

No sólo la tomé en serio, sino que me enamoré de ella como un adolescente. ¿Por qué digo esto? Me enamoré como un hombre de cincuenta y un años, deficiente, temeroso, atormentado por los remordimientos, por los celos, por la pobreza, por la falta de tiempo para estar siempre a su lado, por el terror de que me abandonara y, sobre todo, por la absoluta imposibilidad de dejarla. Lo intentaba, luchaba conmigo mismo, ardientemente, con verdadera ferocidad... ¡y volvía, volvía siempre! ¿A qué? A tolerar sus exigencias, a esforzarme por aparecer menos viejo, a fatigarme estúpidamente siguiéndola en su incansable peregrinaje por cines, carpas, días de campo, ferias, cabaretuchos, vulgares fiestas de compadres, parientes, vecinas.

Todo eso, que para mí era torturante, lo soportaba tan sólo por su cuerpo, en el que el mío estaba anclado sin esperanza y sin sosiego.

Muchas veces, desesperado, asqueado de mí mismo, le juraba que iba a dejarla para siempre. Ella se reía y con una voz helada y segura, pronosticaba:

—No puedes. Ya volverás. Y por tus propios pies, porque yo no he de buscarte.

Y era verdad. Nunca me buscaba. Lo que no sabía era que yo tampoco la buscaba a ella, sino a lo que representaba para mí: la inquietud; mi fugaz erotismo; mi sensación de pecado; mi vanidad alimentada por la idea de que aún podía tener dos mujeres; la zozobra; mi última actuación en ese turbio mundo masculino de la conquista, la posesión y el alarde. Me aferraba a ella, es cierto, pero en realidad me asía a todo aquello que pronto iba a desaparecer en mí. Dejarla, lo sabía muy bien, era despedirme para siempre de esa vida anhelante, subterránea, violenta, torva, imprevista, ilegal y atractiva, con la que los hombres inferiores acreditamos nuestra virilidad.

Me adhería a ella desesperadamente, sabiendo que era mi última provisión apasionada. Sentía que al romper ese amarre caería otra vez en la calma, en la rutina asfixiante, en el trote acompasado de todos los días.

A veces, cuando su crueldad me atormentaba demasiado, corría a mi casa y sentía hondamente que ese era mi sitio, mi único sitio. Experimentaba un gran júbilo cuando oía la voz de mis hijos, o cuando mi mujer, ignorante de todo, me prodigaba su cuidado habitual.

—¡Esto es lo mío —pensaba— jamás volveré con esa mujer!

Y así pasaba algún tiempo, entregado por completo a ellos, mimándolos, tratando de resarcirlos de mi engaño, aunque lo desconocieran.

Pero poco a poco iba irguiéndose dentro de mí su recuerdo: primero tenuemente, amortiguado por el rencor; luego con mayor contextura; después claro y rotundo, hasta que se convertía en una inexorable orden de regreso. Mi mujer empezaba a serme intolerable, mis hijos me irritaban; sentía yo a los tres como enemigos, como cadenas que me impedían todo movimiento. No lo podía decir y eso me hacía detestarlos aún más. Comprendía que la única forma de no abandonarlos para siempre era buscar a quien me apartaba de ellos.

Lo hacía. Regresaba vencido y suplicante. Y a empezar otra vez.

Un sábado nos vio en el cine una señora que vivía en la misma privada que nosotros y frecuentaba la casa. Estoy seguro de que se lo dijo a mi mujer, porque unos días después, cuando durante el desayuno y frente a mis hi-

149

jos yo inventaba torpemente el motivo por el cual había llegado tan tarde la noche anterior, ella me miró con fijeza y se levantó de la mesa sin decir una palabra. Pero jamás me reclamó nada.

A veces yo extremaba mis ausencias, mis retrasos, mi mal humor, para provocar una aclaración. Nunca se suscitó. Yo sabía que era culpable ante ella, pero creo que sólo los que han estado en una cárcel, encerrados en una celda estrecha y fría, pueden entender esa otra cárcel en la que, a pesar de que el cuerpo se desplaza, en realidad permanece fijo, atado a un deseo que no se desea sentir.

No sé si la silenciosa actitud de mi mujer era correcta. Sin duda lo era para nuestro matrimonio, para nuestros hijos. Para mí, para mi desesperación y mi impotencia, era despiadada. Yo así lo sentía.

Puede uno escuchar y soportar los reproches, lo insoportable es no escucharlos y saber que están allí, mudos, hiriendo el corazón de una mujer que nos quiere y que con su silencio trata de retenernos a su lado, porque sabe que ese es nuestro sitio.

Hubiera dado cualquier cosa por oir un día su queja, o su llanto, o su injuria. Sentía impulsos de matarla cuando fingía creer que iba yo a cenar con el jefe de personal, y me decía:

—Ponte el traje negro, ya te lo arreglé. Debes presentarte bien.

Hay en esas mujeres resignadas, en eso que llaman la actitud digna para conservar el hogar, una inconsciente y refinadísima crueldad. Tal vez para algunos hombres esa actitud resulte cómoda. Para mí era insoportable y me provocaba un dolor distinto a todos los que había sentido. Era un dolor iracundo, envenenado, porque me parecía que era ella la que me estaba traicionando. No puedo explicarlo bien. No encuentro palabras.

Yo no confesaba mi infidelidad porque tenía que suponer que ella la ignoraba; pero si la conocía ya y deliberadamente fingía ignorarla, me estaba marcando el camino y me obligaba a seguir mintiendo. Y corresponder a mi mentira con atenciones y cuidados, me parecía la más elaborada de las venganzas. En esos momentos la aborrecía con todas mis fuerzas. Esa es la verdad.

Entonces pensaba con alivio en la otra y salía apresurado a buscarla. Llegaba a su casa y sin decirle una palabra, la abrazaba haciendo esfuerzos para olvidar todo lo que no fuera ese contacto desesperado. Pero de inmediato recordaba a mi mujer, como si su sabia venganza se prolongara hasta allí, hasta mi intimidad más recóndita. Y cuando Lupe proponía, como de costumbre, que para animarnos fuéramos a tomar unas cervezas con sus compadres, sentía el impulso de asfixiar con mis propias manos su jovialidad estúpida y correr a mi casa, a mi cuarto, donde ella, mi mujer, esa sí mía, estaría sola, silenciosa, esperando mi regreso.

Pero no lo hacía. Acababa, como casi todas las noches, tomando copas con sus compadres en un cabaret estridente, lleno de prostitutas, de vagos y de mariachis. Todo eso para hacer méritos y pedirle que se acostara conmigo después.

No sé por qué insistía tanto en eso. En realidad, no siempre deseaba el acto mismo; incluso iba a él temeroso y muchas veces mi temor estuvo fundado. Lo que deseaba con una urgencia arrolladora, incontrolable, era su decisión de entregarse a mí, porque más que el placer, yo necesitaba un título, un nombramiento de hombre capaz aún de tener una amante; y justamente una amante que no entendiera nada de esto, sino que me exigiera y me agradeciera brutalmente su satisfacción, como ella lo hacía, o que se quejara, cuando no lograba dársela, no de mi realidad física,. sino de que "ya no la quería", de "que seguramente estaba yo pensando en mi mujer" o de que "tenía otras queridas".

¡Ah, cómo me exaltaba este engañoso y burdo lenguaje de las sábanas! Y cómo me atormentaba el otro, de entre sábanas también, cuando a las dos o tres de la mañana llegaba a mi casa y me metía a la cama.

Muchas veces mi mujer fingía dormir, otras dormía realmente —lo notaba observando su respiración—, pero las más, me esperaba despierta.

—¿Por qué no te duermes? —le reclamaba yo exasperado.

—Si estaba dormida —mentía—, es que me despierto con cualquier ruidito... ¿Cómo te fue?

—Bien. ¡Duérmete, por favor! —contestaba secamente.

—Lorenzo se puso un poco malo.

Yo estallaba.

—¿Qué quieres decirme, que mientras mi hijo está enfermo yo ando en la calle? ¡Dilo, dilo de una vez!

—¡Por Dios, ya contigo no se puede hablar! Desde mañana vas a empezar a tomar algo para los nervios.

De ese modo soslayaba deliberadamente el problema y diluía las discusiones con sus eternas actitudes de enérgica protección física. Protección que, por lo demás, me era absolutamente necesaria porque yo estaba a punto de volverme loco de cansancio y de angustia.

Dos años duró esta situación. Pepe Varela, que absurdamente se sentía un poco responsable de ella, hacía esfuerzos inauditos por ayudarme.

Me hablaba en todas las formas, con suavidad, con impaciencia, con crudeza brutal:

—¡Te está tomando el pelo... ! ¡Yo ya la conozco! No te quiere. Siempre ha tenido un hombre para que la pasee y le resuelva problemas. El día que no le des ni un centavo, te manda al diablo y se busca otro imbécil. Haz la prueba; dile que por una temporada no la vas a poder ayudar. ¡Verás lo que hace!

Lo oía, le decía que tenía razón, le ofrecía que iba a hacer todo lo que me aconsejaba, pero lo que en realidad hacía era solicitar anticipos de la empresa, empeñar subrepticiamente mi reloj y mi juego de plumas, pedir prestado, aceptar trabajos de contabilidad particulares, que desempeñaba a escondidas, en la propia oficina. Todo para poder darle algún dinero y que no fuera a ocurrir lo que Pepe pronosticaba con tanta firmeza.

Llegó un momento en que estaba hundido económicamente y no encontraba forma alguna de salir.

¡Jamás podré pagar a Pepe su generosidad! Una de sus hermanas, dueña de una hacienda en no sé qué parte de Zacatecas, le facilitó lo necesario para saldar todo lo que yo debía. Desde entonces le he estado abonando, cuando puedo, sin que él jamás haga mención a mi lentitud e impuntualidad. Llevo minuciosamente las cuentas en una libreta que escondo en la oficina y todavía, después de tres años, le adeudo algo más de cuatro mil pesos, que no sé cuándo le podré liquidar. Ahora está empeñado en que pongamos por nuestra cuenta un despacho y llevemos contabilidades privadas de distintas negociaciones. Me asegura que vamos a ganar mucho más, pero yo no me atrevo a renunciar a mi empleo sin tener algo más seguro.

Un día pude dejarla. No digo olvidarla. Todavía ahora, mientras lo escribo, su recuerdo me altera vivamente. Y no se debe a que lo escriba, no. La verdad es que ella ha quedado fija, no en mi sentimiento, ni siquiera en mi cuerpo, como podría suponerse, sino en alguna concavidad oscura e intrincada de mí mismo, de la que no he podido extirparla.

No supo nunca por qué la dejé. Me despedí con las palabras habituales. Lo distinto de aquel momento no lo percibió. Cierto que sólo fue una larga mirada, pero tan profunda, tan directa, y, no obstante, tan nostálgica ya, que no comprendo cómo no sintió que con ella trataba de guardarla para siempre en los ojos y que le estaba diciendo adiós, también para siempre.

Supe que varias semanas después le preguntó a Pepe por qué no había yo vuelto.

—Le dije que andabas con otra —me informó radiante—. Y ahora aguántate como los hombres. Ya has soportado bastante tiempo, no vayas a regresar.

No, no volví nunca, a pesar de que lo único que deseaba era tenerla otra vez junto a mí. La dejé porque en el mundo hay varios mundos, y el suyo era tan inhabitable para mí como para ella el mío.

Nuestro único sitio común era una cama

que yo compartía con mis remordimientos, mi edad desesperada, su juventud y su mentira. Con todo eso que únicamente yo comprendía y padecía, y que sólo en el brevísimo instante total lograba olvidar por completo.

Es difícil, imposible casi, explicar lo que sentí esa noche cuando cerró la puerta que nunca más volvería a abrirse para mí, porque yo así lo había determinado. No sé si al morirse, el cuerpo quede tan vacío de uno, tan ausente de todo recuerdo, que no sienta algo, aunque sea una reminiscencia vaguísima del temor, en el momento en que la tierra cae sobre él. Si lo siente, puedo decir que eso era lo que yo experimentaba frente a su puerta cerrada, ante la cual me quedé no sé cuánto tiempo.

Ahí, tras ella, se quedaba aquel brote de vigor, aquel apasionado esfuerzo de todos mis sentidos y la última posibilidad de desviarme del camino único, polvoso y árido, para tomar la vereda que no se sabe a dónde nos habrá de llevar.

Caminé más de dos horas. Llegué a mi casa, helándome, cuando ya empezaba a amanecer. Me avergüenza confesarlo, comprendo que es cobarde e infantil, pero lo que deseaba con todas mis fuerzas era que me atacara una pulmonía y que esa misma noche Pepe fuera a avisarle que yo había muerto. No me importaba mi mujer, ni José, ni siquiera Lorenzo, tan pequeño. Lo único que anhelaba es que ella pensara en mí y sufriera por mí.

Rechacé el té caliente y la copa de ron que mi mujer, alarmadísima, me dio para que reaccionara. Tenía que dejarle a la enfermedad todas sus oportunidades. Pero ni siquiera me dio un resfriado, que era uno de mis padecimientos más frecuentes.

Caí rendido, dormí pesadamente un rato y a las nueve de la mañana, como todos los días, llegué a la oficina, quité la funda de mi máquina sumadora y empecé a trabajar:

14,312
976
1,345

Ese día sólo se diferenció de los demás en que antes de salir y cuando ya todos los compañeros se habían ido, saqué su retrato del último cajón de mi escritorio y lo hice pedazos.

Los mozos de la oficina empezaban a hacer el aseo a las siete de la mañana. A esa hora yo estaba en mi departamento, sacando del cesto de papeles, uno por uno, hasta el último fragmento de su retrato para corregir aquel acto ingenuo y heroico que me obsesionó la noche entera.

Lo conservo aún y su rostro, cruzado como por terribles cicatrices, tiene un extraño aspecto de accidente o de venganza.

Cuántas noches, solo en este cuarto, lo contemplaba y un momento después me salía a la calle, resuelto a buscarla. En el camino me arrepentía y regresaba a enfrentarme con la interrogante mirada de mi mujer y con sus labios, cerrados siempre.

Otras veces llegaba a su casa y me quedaba contemplando la ventana de su cuarto. Nunca había luz. Lo natural era suponer que había salido con sus compadres o con algún otro hombre. Pero yo necesitaba creer que estaba allí, dormida, en aquella cama nuestra, con aquel terrible camisón rojo, transparente —que yo detestaba y ella prefería— un poco levantado.

Con esa imagen, y un dolor torvo y punzante, me acostaba todas las noches a no dormir o a soñar con ella.

Ahora vivo más tranquilo. Permanece en mí, ya lo he dicho, pero tan en el fondo, que siento su existencia, pero no su presencia. ¿Cómo podría explicar esto? Sé que está en mí, constantemente, porque basta que desee recordarla o que algo me la recuerde, para que aparezca con la mayor claridad. Eso demuestra su existencia. Ahora bien, si el recordarla no fuera un acto voluntario o casual, sino permanente y obsesivo, es decir, a pesar de mí mismo, sentiría yo, además de su existencia, su presencia. Y en realidad, casi no la recuerdo. Lo que no he olvidado ni olvidaré jamás es mi desesperado amor por ella. No sé si esto equivale a seguir amándola. Tal vez.

Es demasiado. Siento que estoy cayendo en algo que no sé calificar, pero que no está bien; definitivamente, no está bien. Más adelante relataré el suceso, pero para aliviar un poco mi conciencia y para analizarme hasta el fondo quiero decir que mientras se desarrollaba y no obstante que compartía el sufrimiento de Reyes, mi compañero de oficina, a quien afectaba directamente, pensaba en que iba a escribirlo y en que, para hacerlo bien, tenía que poner atención en todos los detalles. Así, en determinados momentos, eran simultáneos e igualmente apasionados mi pesadumbre por el acontecimiento y mi entusiasmo ante la perspectiva de referirlo.

Parece que a medida que el tiempo pasa, el cuaderno se me va adhiriendo más y más y se hace presente aun en casos como éste en que mi obligación moral era no pensar más que en el terrible conflicto en que mi compañero de tantos años se veía envuelto. No es que no me haya portado bien con él, no es que lo haya descuidado en ningún aspecto. Por lo contrario, hice cuanto pude, igual que los demás, y hasta algo que me costó verdadero esfuerzo hablar en público, en un juzgado, y ante mis propios jefes, que me miraban iracundos. Por ese lado estoy tranquilo; pero en el fondo sé que no me entregué del todo, porque en determinados instantes sentía como una ola caliente que me subía a la cabeza y una especie de hambre —sí, era esa sensación— de escribir lo que ocurría, de explicar lo que yo sabía que Reyes pensaba; de describir minuciosamente la expresión de su cara, su palidez, los nerviosos movimientos de sus manos, su respiración agitada; de transcribir con la mayor fidelidad sus palabras y, sobre todo, de apresar y poder escribir después, sin que perdiera fuerza, aquel momento en que él convirtió su miserable vida, su pobreza, su dolor, en un pedestal sobre el cual se irguió y desde el que, digno y arrogante, contempló en silencio a sus acusadores. Todos los de la oficina estábamos emocionados, pero seguramente ninguno tuvo el deseo, como lo tuve yo, de escribir la escena para que no se desdibujara la imagen de aquel hombre que de pronto recobró la dignidad de su rango humano, que estaba adormecida por su nivel social. Estoy seguro que todos los demás tenían puesta su total atención en el problema; sólo la mía estaba interferida como por ráfagas que pertenecían a otro problema, mío únicamente, y en el que mi amigo y su conflicto no tenían más función que la de proporcionarme, sin saberlo, un tema y un pretexto para escribir. "Que no se me olvide anotar esto", pensé cuando él, acosado a preguntas, pálido y con los ojos bajos, sacó el pañuelo de la bolsa de su pantalón, lo extendió, lo miró un instante y, sin hacer uso de él, volvió a guardarlo apresuradamente. Era evidente que necesitaba enjugar el sudor que le cubría la cara, pero sin duda vio que su pañuelo estaba roto y no quiso que nadie se diera cuenta. Levantó la cabeza y se ajustó el nudo de la corbata con cierta altanería. Detrás de ese gesto escondía el pañuelo roto, el traje raído en el borde de las mangas y en el sitio de los codos y las rodillas, los zapatos deformados por largos meses de uso continuo, cuya duración se prolonga a fuerza de burdas y frecuentes composturas.

Mientras veía yo su indumentaria, apenas

decorosa, pensaba en que jamás hacemos comentarios cuando algún compañero llega con traje o zapatos nuevos. No es que nos pase inadvertido, es que cualquier frase relacionada con el estreno sería una tácita alusión a la prenda sustituida. Y no nos gusta hablar de esos trajes y esos zapatos que sólo desechamos cuando su deterioro lastima nuestra dignidad.

Recuerdo la vergüenza que sentí el día que Clarita, la ayudante del cajero, me dijo delante de todos:

—¡Qué bonito está su *sweater* nuevo, don José!

Mi hijo lo había usado varios meses, pero con las lavadas se encogió; mi mujer lo mandó teñir de un color "más serio" y quedó bien para mí, que soy bajo y angosto de hombros.

El sencillo elogio, dicho en el tono más natural del mundo, me sobresaltó y me hizo pensar que todos conocían la historia de mi *sweater*, por lo demás tan común en los hogares pobres, donde una misma prenda es acondicionada y heredada varias veces.

Yo entendí que Reyes escondiera su pañuelo, delator de una pobreza que pudorosamente trataba de recatar. Por eso me da vergüenza haber aislado y reservado ese gesto como buen material para mi relato. No está bien. Mi deseo de escribir no debe filtrarse así, de manera subrepticia y solapada, e inquietarme precisamente en los momentos en que requiero de toda mi capacidad y mi entereza para servir a alguien que necesita de mi ayuda. Si se tratara de algún suceso en que fuera yo simple y casual espectador, estaría más justificado, pero éste me atañe y me ha dolido sinceramente porque Luis Fernando Reyes trabaja desde hace tiempo en el mismo departamento que yo y siempre nos hemos tratado con simpatía y afecto. Todos lo estimamos. Cuando se descubrió el desfalco no podíamos creerlo. Es un hombre modesto, metódico, un empleado más. Llega puntual, cumple con su trabajo, a veces nos cuenta algo de su familia; compra en abonos, como todos. Por lo único que se ha significado con cierta frecuencia es por su buena suerte en las rifas que organizan las muchachas de la sección de Correspondencia, que son muy jóvenes y alegres. Un día se sacó un corte de casimir. Durante algún tiempo esperamos verlo llegar con traje nuevo. Luego nos contó que se lo había vendido a su cuñado. Otra vez se sacó un reloj de pulsera para mujer. Fue como por el mes de febrero y tuvo la paciencia de guardarlo en su escritorio hasta el de septiembre, para regalárselo a su esposa el día de su santo. Me conmovía que todas las tardes, a la misma hora, abriera el pequeño estuche de terciopelo rojo, sacara el reloj y le diera cuerda con suave y cariñoso movimiento. Seguramente nunca había podido hacerle a su mujer un regalo tan llamativo: en torno a la carátula el reloj tenía un círculo de microscópicos diamantitos que brillaban convincentemente. Cuando se lo entregaron exclamó muy emocionado:

—¡Parece joya, ¿verdad?!

Recuerdo que Rafael Acosta —que por cierto ahora se ha portado como un verdadero amigo— le dijo:

—Lo importante es que camine bien.

Y que él le contestó mirando arrobado la prenda:

—Eso no importa: miren cómo brilla.

Los demás se rieron. Yo entendí lo que quería decir: que el reloj caminara bien era lo normal, era su función, como la de él y la mía era trabajar en esa oficina; pero que además brillara era lo inesperado y, sobre todo, lo superfluo. El sabía que la maquinaria, oculta, fría y exacta, no era lo que iba a conmover a su mujer, quien seguramente nunca ha tenido más que lo necesario. Era el brillo, lo suntuoso, lo inútil, lo aparentemente elegido para su deleite y no para su necesidad, lo que haría valioso y distinto el regalo.

La víspera de aquel esperado día, un poco antes de salir y mientras una de las compañeras, bajo la mirada vigilante de él, sacaba brillo a la pulserita echándole vaho y frotándola con un pedazo de paño, y después envolvía "para regalo" el pequeño estuche, nos dijo nervioso y confidencial, como si fuéramos sus cómplices:

—Voy a decirle que todo este tiempo estuve ahorrando para comprárselo y que yo mismo lo escogí.

Al día siguiente llegó demacrado a la oficina. Yo pensé lo peor: que a su mujer no le había gustado el regalo o que se indignó al pensar que había gastado en algo inútil lo que necesitaban para cosas más urgentes.

—¡Estás loco, García! ¡Ni quería creerlo!

Entonces me explicó: estaba desvelado, había tomado copas. El famoso reloj era la causa de todo. Los años anteriores le había regalado objetos comunes: medias, una plancha eléctrica, un juego de vasos. Como esas cosas no valían la pena, se las entregaba en la mañana mientras tomaba apresuradamente el desayuno. Pero esta vez su regalo era distinto y ameritaba un marco adecuado. Con varios días de anticipación contrató a unos cancioneros, compró botellas e invitó a los vecinos.

—Me salió más caro que si de veras lo hubiera comprado —comentaba riendo y oprimiéndose la cabeza, que le dolía terriblemente.

Es curioso; todas estas semanas en que por falta absoluta de tiempo no pude escribir, y hace apenas unos instantes, cuando me reprochaba haber tenido deseos de hacerlo en el momento mismo en que Reyes declaraba en el Juzgado, estaba seguro de que escribiría el relato del desfalco con una gran fuerza y minuciosidad. Y ahora, después de haber contado eso del reloj, no sé por qué no quiero dar detalles. Siento que es aprovechar el error de un hombre, de un amigo, para proporcionarme un gusto. Además, me parece también que los pormenores suavizarían, ablandarían el relato de un asunto tan dramático, que merece ser comentado en forma recatada y escueta. Así lo intentaré.

Luis Fernando Reyes, que toda su vida había sido un magnífico empleado, dispuso indebidamente de cinco mil pesos. Esto fue hace más de dos años. En el momento en que el desfalco se descubrió ya había abonado cerca de dos mil, a costa de muchas privaciones que los dueños de la empresa no pudieron comprender cuando él, como atenuante de su falta, principió a relatarlas sordamente en el Juzgado. A nosotros, los demás empleados, no nos parecieron falsas, porque son semejantes a las que padecemos, sólo que extremadas; pero ellos dijeron que no eran más que "lloriqueos para despertar compasión".

Fue entonces cuando Reyes se irguió, los miró fijamente y no volvió a pronunciar una palabra. Hizo bien. Nuestra realidad no puede expresarse fácilmente: sentida, vivida, es recia y conmovedora; narrada, aun con la más legal sobriedad, se deforma extrañamente y adquiere algo de queja indigna. Reyes lo comprendió así y guardó silencio, un silencio con el que agrupaba más estrechamente, y protegía, a los únicos que podíamos entender que en sus palabras no había indignidad alguna.

La realidad de ellos es distinta, su lenguaje es otro. Nosotros tampoco lo entendemos. Ellos creen estar en lo justo; nosotros también. Lo doloroso es tener que hablar así, de "ellos" y "nosotros", en lugar de hablar de "todos". Lo terrible es que sean precisamente los elementos superficiales, transitorios, esos que siempre estarán superpuestos, añadidos, esos que forman la realidad modificable del hombre, los que logren desvirtuar aquello que debería ser su realidad constante, su esencia y su natural expresión: el amor. De ser así, habrían podido entender a Luis Fernando Reyes, un ser humano como ellos, y no acosarlo tan despiadadamente como lo hicieron.

Cuando solicitó un préstamo porque su mujer necesitaba operarse urgentemente, le contestaron que para eso pagaban cuotas al Seguro Social. Es cierto, estrictamente tenían razón. El hubiera querido explicarles, pero sabía que no lo iban a entender, que no quería llevar allí a su mujer; que el Seguro Social, por demasiado grande, por excesivamente poblado, se le convertía en un sitio abstracto incapaz de acogerla con la exclusividad que él deseaba para ella. Su caso podía ser semejante a otros muchos, incluso menos grave, pero era el suyo; y era suyo también, y terrible, el miedo de perder a su mujer; y suya la zozobra de tener que confiarla a un médico desconocido, que no sabía, y al que hubiera sido ridículo hacer saber, que esa mujer gorda, envejecida, desaliñada, era a quien él más quería y necesitaba en el mundo.

Sé que Reyes no hizo bien; que cometió una falta grave. Lo que no sé es si en circunstancias semejantes hubiera yo hecho lo mismo. ¿Cómo puedo entonces juzgarlo? Ellos pueden porque su realidad es otra y tan distinta que no hay posibilidad de que se encuentren en un caso similar. Pero nosotros somos, en cierta forma, él mismo: problemas semejantes, idéntico ritmo cotidiano, igual cansancio y la misma intermitente y levísima esperanza.

Seguramente por eso, y no por generosidad, lo defendimos con tanto calor y reunimos entre todos, pidiéndolo prestado, el dinero necesario para liquidar su adeudo. La empresa retiró la acusación y Reyes quedó en libertad.

Ahora anda por ahí, libre, buscando desesperadamente un empleo en donde no le exijan carta de recomendación. Mientras lo encuentra, va de aquí para allá, libre, empeñando y vendiendo todo lo que tiene.

Por cierto, me contó que en el Monte de Piedad le habían dado ciento cuarenta pesos por el relojito aquél, que está flamante, porque su mujer nunca encontró una ocasión lo suficientemente solemne para decidirse a lucirlo.

El asunto de Reyes me tuvo ocupado más de tres semanas. Tenía muchos deseos de escribirlo, ya lo he dicho, pero me había faltado tiempo. Llegaba a mi casa tarde, preocupado, nervioso y caía rendido.

Esto me hace pensar que la mejor fórmula para no escribir es ligarme a los demás, interesarme en ellos, vivir intensamente sus problemas. Claro está que sentiría la imperiosa necesidad de comentarlos, pero de todos modos resultaría mejor, porque escribiría algo nuevo, ajeno; algo que no fuera este rodeo constante en torno a mí y a mi particular conflicto de escribir o no escribir. A veces parece que voy a tratar asuntos en los que no participo o, por lo menos, de los que no soy el centro. Al final, siempre termino con el mismo tema. Si tuviera el valor de revisar todo el cuaderno, comprobaría esta vergonzosa conclusión. Siempre yo, mi mujer, mis hijos, mi casa, mi trabajo.

Siempre lo que me atañe, lo que me importa. Siempre lo mismo. Como un rumiante. Creo que precisamente por eso no he podido empezar el libro. He llenado páginas y páginas sólo para decir que mi mundo es reducido, plano y gris; que jamás me ha ocurrido nada importante; que mi mediocridad es evidente y total. Y todo esto, ya en conjunto, únicamente para explicar por qué no puedo escribir algo que interese a todos.

Quien leyera esto y el cuaderno entero podría pensar que soy un hombre modesto y sincero, que confiesa humildemente su incapacidad. Yo también estaba convencido de ello y muy satisfecho de mi honradez. Pero ahora pienso que esas declaraciones, aparentemente modestas, están llenas de soberbia.

¿Por qué en lugar de escribir para demostrar que soy un mediocre y que no debo escribir para los demás, no intento escribir algo de lo que a mí y a otros muchos como yo nos gusta? ¿Por qué no tener la modestia de limitarme a relatar esas cosas sin importancia que nos distraen y nos ayudan a olvidar nuestra medianía? A mí me agrada leer; a los que son como yo les gustará también. Pero, sinceramente, no creo que ni a mí ni a ellos nos interesara leer ese libro que yo sueño escribir para decir a los demás algo distinto y trascendente. Tal vez ni lo entenderíamos. Por otra parte, ¿es que en esos *demás* no incluyo a los hombres comunes, a esos millones de hombres a los que me parezco?

Es verdad que fracasé en mi inicial propósito de escribir una novela, pero también es verdad que día a día estoy fracasando en el de escribir el libro que tanto me preocupa.

¿Por qué, si a pesar de todo insisto en llenar páginas, no hago un esfuerzo por escribir un relato ameno, intrascendente, que guste a los que como yo, hartos del trabajo, hartos de vivir siempre igual, buscamos esos libros sencillos, ligeros, que nos ayudan a olvidarnos de todas nuestras preocupaciones?

La novela ya sé que es muy difícil, pero podría escribir un relato corto, una anécdota graciosa, un suceso interesante que acaparara la atención del lector. Precisamente este asunto de Reyes podría haberme servido de tema si hubiera querido contarlo con todos sus detalles. El escenario, un juzgado penal, es distinto al ya fatigoso de mi casa y mi oficina; al protagonista, si bien compañero mío en la actualidad, le habría hecho hablar de ese tiempo en que aún no lo era, de su vida anterior, de las circunstancias que propiciaron su ingreso a la empresa en que ahora los dos trabajamos; y así hasta desembocar en ese momento terrible en que se apoderó de un dinero que no le pertenecía. Después, y como siempre es conveniente dar un remate más profundo a la simple relación de hechos, haría algunas consideraciones de cómo el acto que se realiza en un momento, y por razones que sólo a ese momento pertenecen, puede quedar fijo en nosotros y condicionar toda nuestra vida. Las circunstancias que lo motivan desaparecen, jamás vuelven a presentarse, todo cambia, todo va quedando atrás, todo va cayendo en la sombra, y aquel acto sigue a nuestro lado, a nuestro paso, como si lo lleváramos de la mano hasta nuestro propio entierro.

Reyes no podrá olvidar nunca el momento en que tomó ese dinero. Su castigo no había que buscarlo en la cárcel, ni fue haberle quitado su empleo; ni será su conciencia, que sabe que su falta tiene atenuantes. El verdadero castigo es su memoria, que revivirá en cualquier momento el suceso minuciosamente, con todos sus dolorosos detalles.

Pero igual que el castigo mayor, la memoria puede ser también el más tibio refugio y la más suntuosa riqueza del hombre. Para mi nuevo y más modesto propósito de escribir relatos cortos y fáciles, debo recurrir a ella, igual que si se tratara de esa caja largamente guardada que un día nos decidimos a abrir. Recuerdo perfectamente los relatos de mi abuela, lánguidos, interminables, poéticos. Recuerdo las nostálgicas narraciones de los marineros, salpicadas de palabras crudas que yo interpretaba como símbolo de hombría y que después intercalaba profusamente en mi conversación. No hacía caso de reconvenciones y castigos; lo importante era hablar como hombre y tratar con rigor a las mujeres. Pronto tendría una en cada puerto y era necesario empezar a actuar como un marino verdadero. Recuerdo los exuberantes relatos de mi tío Agustín: la anécdota más trivial, en sus labios alcanzaba categoría de hazaña, especialmente si había tenido parcial o principal intervención en el suceso.

Sí, estoy decidido. Durante una o dos semanas, en vez de escribir, voy a recordar. Será una actitud distinta. Y ahora mismo, en este momento en que la preparo, ya siento que va a gustarme, que tendrá algo de viaje, de sorpresa no ante lo desconocido, sino ante lo nuevamente encontrado. No me asaltarán los recuerdos, como es común que suceda; será al contrario, y todas las noches me prepararé para asaltarlos igual que me preparo para escribir.

Sé que la aparición y la búsqueda de los recuerdos, y éstos mismos, tienen incontables formas y matices. Imposible, por lo menos para mí, apresar y describir su variedad y su sutileza. Sólo puedo hablar de lo que a mí me ocurre. Cuando el recuerdo viene por sí solo, sin que yo lo provoque, me llega compacto, apretado, compendiado. Una vez presente, lo retengo y amplío con los detalles que le pertenecen pero que él no trajo consigo en su inesperada aparición. Ahora no me limitaré a esperarlos ni a retenerlos, sino que los provocaré, iré en su busca y los recorreré acuciosamente con todos sus pormenores y relaciones.

Y después, escribir. Pero escribir para los que son como yo, esos que jamás podrán hacer un libro para todos. Es posible, ¿por qué no?, que después de cierto entrenamiento en narraciones pequeñas, adquiera yo soltura, confianza, hasta cierta ligereza que me permitan volver a mi intento. Un libro no puede redactarse fácilmente. Si hubiera empezado antes, si no hubiera desperdiciado veinte años en contener mi impulso por un ambicioso, por un vanidoso escrúpulo, tal vez ya hubiera podido escribirlo. Quizá lo que me falta no es imaginación, sino audacia.

No sé, no sé nada ya. Estoy terriblemente cansado. Lo mejor es abandonarlo, olvidarlo todo.

Hace una hora que estoy ante esta página sin decidirme a formular la pregunta. Debo hacerlo.

¿Creo todavía en el libro? Me lo pregunto muchas veces. En ocasiones pienso que podría aprovechar algo de lo que he escrito si me decido a hacer una rigurosísima selección. Pero me da miedo leerlo porque sé que nada tiene continuidad. ¿Cómo voy a ordenarlo? A menos que mi protagonista sea el pensamiento, con toda su ilimitada y espléndida libertad, no veo la forma de hilvanar algo de todo esto.

Además, hasta el momento no he hecho más que hablar de mí mismo, que fue justamente lo que al principio declaré que quería evitar. Ahora comprendo que no tenía la menor idea de mis verdaderas posibilidades. Por un lado afirmé que no poseo imaginación; por otro, que me parecía ilegal aprovecharme de lo que ya está creado y limitarme a verterlo en mi cuaderno; expliqué también que no podía contar algo de mi vida porque nunca me ha ocurrido nada digno de especial mención; declaré asimismo que pretendía escribir un libro que interesara a todos, cada una de cuyas hojas no pudiera pasarse sin que la mano temblara emocionada. ¡Todo eso!

José García, lee tu cuaderno, borra esas frases absurdas y presuntuosas y sustitúyelas con la única que realmente te es posible firmar: "No puedo dejar de escribir." Confiesa que tu necesidad de hacerlo es más fuerte que tú, olvida tu desorbitada ambición de escribir un libro que a todos interese; acepta tu verdadera medida y comprende que si no has escrito otra cosa es porque sólo puedes referirte a lo que es tuyo: los recuerdos que estremecen, contentan o lastiman tu corazón, los opacos sucesos de tu vida diaria y tu relación con unos cuantos seres humanos que coincidieron en tu pequeña órbita. Eso es lo único que te pertenece, lo único que conoces, lo único que comprendes y, por tanto, lo único que puedes expresar. Tal vez logres algún día inventar un suceso. Lo que no lograrás inventar es la emoción que te habría producido ese acontecimiento si lo hubieras vivido. En un dolor inventado, aunque lo derives del más patético y desgarrador de los sucesos que imagines, jamás podrás poner el calor, la verdad que tal vez logres imprimir en el relato que hagas de un triste acontecimiento que te pertenezca.

En rigor, es de tu realidad de lo único que puedes hablar. Y si de ella no te es posible extraer lo que requieres para un libro distinto y trascendente, renuncia a tu sueño. Y si no puedes dejar de escribir, continúa haciéndolo en este cuaderno y luego en otro, y en otro, siempre secretamente, hasta el día de tu muerte.

Me molesta dirigirme a mí mismo cuando escribo. ¡Qué autoridad! ¡Qué tono rotundo y ampuloso! Cuántos argumentos obvios, cuántos titubeos para decirme que no soy escritor, que no soy artista, que no puedo hacer el milagro de crear otra realidad o de sublimar la que existe. Ya lo sé. Pero tengo el derecho de decir lo que creo que debo hacer, lo que sé que debo hacer, aunque no pueda hacerlo. En último análisis, esa es la condición del hombre y la lucha constante entre su anhelo de perfección y su debilidad.

Otra vez la trampa. No debo escudarme en una verdad que no es aplicable al caso. Funciona en otro terreno, en la lucha entre el bien y el mal, pero no en ésta de escribir algo importante o no escribir. A escribir bien, podría llegar por la inteligencia, no por la convicción de lo que es importante ni por la perseverancia en el propósito de escribirlo.

Sé muy bien, lo sé desde siempre, por eso me resistí tanto, que nada importante diré nunca. Sé también que a pesar de ello seguiré escribiendo. Mi esfuerzo, en lo sucesivo, debe aplicarse únicamente a vencer el anhelo de ser leído, de ver mi nombre escrito en cada página, de oir a la gente decir: "el libro de José García".

Esta lucha sí puedo emprenderla y ganarla porque acontece en una zona íntima, susceptible de perfeccionamiento.

Sé que me será muy difícil; sé que ya no abriré mi cuaderno con igual alegría y que cada noche lo cerraré con la sensación, no de que he escrito, sino de que he enterrado en él mis palabras. Pienso en esto y me parece que yo también muero con ellas. Hace muchos años que me acompañan y que las acompaño. Primero vivían sólo en mi pensamiento y todo mi esfuerzo se aplicaba a resistir la tentación de escribirlas, pero llegó un momento en que no me fue posible contenerlas. Poco a poco se fueron independizando; he contado algunas cosas, he referido algunos recuerdos, me han ayudado a confesar esta obsesión de escribir que me inquieta de continuo, me han servido para expresar mi arrepentimiento por hacerlo a pesar de que no tengo nada qué decir. Y aquí han ido quedando, una tras otra, en este cuaderno escondido. Ni mi mujer, ni mis hijos, ni siquiera un amigo, han leído jamás una sola línea. Cuántas veces, entusiasmado por alguna idea, he deseado comentarla con alguien, pedir ayuda, estímulo, compañía. Pero, ¿a quién puedo dirigirme? Mi mujer tolera que escriba, como tolera todo lo que hago, pero no tiene el menor interés. Dice que esas horas podría emplearlas en aprender inglés que en estos tiempos es muy necesario. Puede ser que tenga razón. Pero no puedo culparla. Yo hablo aquí de mis frustraciones, de mi cansancio, de mis sueños. ¿Y ella? Tal vez deseaba, como yo, una vida más intensa o sencillamente más cómoda. Ha compartido la mía sin quejarse nunca. También debe tener una gran fatiga de sus días iguales, de sus rudas tareas siempre repetidas, de ver que pasan los años y envejecemos y nuestros hijos crecen y todo sigue igual, desesperantemente igual. ¿Qué le he dado? Ni siquiera la esperanza de que algún día cambien las cosas, porque yo también la he perdido. ¿Cómo puedo pretender que se interese por un libro en el que yo mismo no creo? ¿Cómo, aunque me lo pidiera, voy a enseñarle una serie de páginas en las que no hago más que contradecirme y discutir conmigo mismo mi posibilidad y mi derecho a escribir? ¿Y para esto —me dirá con toda razón— te encierras por las noches y no permites que nadie te moleste? No podrá entender nunca que no me es posible hacer otra cosa. No tengo derecho a culparla ni a pedirle que me comprenda. Pero el caso es que jamás conocerá mi cuaderno, ni el gozo y el dolor con que inexorablemente escribo.

Alguna vez pensé que podría hablar de esto con José. Al principio me preguntaba por el libro y quería que le dijera "más o menos cómo era el argumento". ¿Qué podía decirle? Después fue perdiendo interés, y ahora no hace nunca la menor alusión. Tampoco puedo culparlo. Tiene encima sus radiantes veinte años y casi no puede con ellos. Quiere amar, viajar, tener automóvil, ganar mucho dinero, llegar a ser un personaje importante. Me fatigan su exuberancia, su avidez, su deseo de poseer cosas. ¿Cómo va a perder un minuto en leer unas líneas que no tienen argumento ni truculencias? ¿Y cómo voy a esperar de él, que está en el umbral de todo, que se interese por mí, que me quedé en el umbral de tantas cosas? No; a él no debo enseñarle nunca lo que escribo, aunque alguna vez expresara su deseo de leerlo. El no debe enterarse de que la vida puede atraparnos e ir estrechando día a día los amplios caminos que soñábamos recorrer. El no debe saber que los sueños de los veinte años pueden seguir siéndolo toda la vida, y que a su recuerdo no puede añadirse ningún otro que corresponda a la realidad. Su vigor de hoy no entendería que al mío de ayer, que se le parecía tanto, no le haya sido posible vencer todos los obstáculos. De mi cuaderno él sólo destacaría mi fracaso y lo juzgaría con su edad, con esa edad que está segura de avasallar todo lo que encuentre a su paso porque ignora que al paso se encuentran muchas cosas de las que nos es grato, urgente e inevitable dejarnos avasallar. Son aquellas que después nos harán pensar con nostalgia en nuestros sueños de juventud, pero si ésta nos pudiera ser devuelta, no sola, sino con la memoria de lo vivido, volveríamos a recorrer el mismo camino para llegar ávidamente a los brazos de aquellos que nos avasallaron tan plena y entrañablemente y de los que nos sentimos pertenencia. A José todavía no le es posible entender esto, y a mí, en realidad, me abruma un poco su estrepitosa ambición. Claro, es la época, lo comprendo muy bien, pero yo soñaba con un viejo barco y con recias y generosas hazañas, y él sueña con tener dinero y un automóvil último modelo. Cuando lo he sentido más cerca de mí fue en aquellos días en que sufría por Margarita. Casi hubiera deseado prolongarlos para poder darle consuelo. Pero ya pasó todo. Ahora se ríe de "aquella tontería" y persigue enconadamente a una muchacha rica, que se le resiste. No, mi hijo José no puede acompañarme.

Tampoco mis amigos, ni siquiera Pepe Varela, a quien quiero tanto. Nuestro trabajo es igual, nuestros problemas muy semejantes, pero él nunca ha pensado que su vida hubiera podido ser distinta. Lo único que desea transformar es su economía; con todo lo demás está tan conforme, que jamás lo menciona. La noche en que le hablé de mi cuaderno estábamos en una cantina; las copas exaltaron mi afecto por él y sentí la necesidad de hacerle participar en mis intimidades, sobre todo en esa, tan profunda y tan sola, de mis cuadernos. Pero apenas había empezado a hablarle de ellos cuando comprendí que un muro frío nos separaba y que él, tan bueno, tan generoso, tan cuidadoso de mi vida y de nuestra amistad, no podría comprender nunca una obsesión que él mismo no fuera capaz de padecer. Tampoco puedo culparlo. Pero tampoco puede acompañarme.

Con los demás compañeros de trabajo llevo una amistad, si bien no propiamente superficial porque el trato diario va anudándonos imperceptiblemente e interesándonos en nuestras mutuas y similares vidas, tampoco tan honda que pueda yo decidirme a inquietarlos o a fatigarlos con el relato de un conflicto ajeno a ellos, pero tan incrustado en mí que me dolería oírlo comentar en forma vanal.

¡Si mi Lorenzo no fuera tan pequeño aún! El también se esconde en los rincones menos accesibles de la casa y pasa horas enteras absorto, fascinado ante quién sabe qué. El también tiene y oculta varias libretas en las que ha dibujado unos animales que inventó. Un día que yo estaba enfermo entró a mi cuarto, se sentó al borde de mi cama y me dijo que si no se lo contaba yo a nadie más, me enseñaba sus animales y me decía el nombre de cada uno. ¡Qué dolor me causaron sus pocos años que me impidieron contestarle: y si tú no se lo cuentas a nadie, voy a leerte todas estas páginas que no me ha sido posible dejar de escribir! Pero, ¿qué habrá sido de mí cuando él tenga la edad necesaria para poder decirle esto? Y sobre todo, ¿qué habrá sido de él mismo? ¿Seguirá conservando su fantasía, su recato, su silencio y su capacidad de asombrarse ante las cosas que los demás no perciben? ¿Seguirá considerándome digno de conocer lo que él imagina y denomina? ¡Daría algo porque Lorenzo hubiera sido mi primer hijo! Pienso en el tiempo como dramático abismo entre yo y él, que es la única persona que podría acompañarme en esta particular soledad. Si me muero antes de que él pueda entenderlos, le dejaré mis cuadernos. Cuando llegue a estas líneas sabrá que pudo haber sido el único testigo de esta parte secreta de mi vida.

Pero quizá viva yo algunos años más y quizá él no cambie demasiado. ¡En nada he puesto nunca más ferviente esperanza!

Verdaderamente no sé qué sería del hombre si no tuviera dentro de sí, escondidos, superpuestos, sumergidos, adyacentes, provisionales, otros muchos hombres que no sólo no destruyen su personalidad, sino que la constituyen al ampliarla, repetirla y hacerla posible de adaptación a las más variadas circunstancias de la vida.

Yo sé que hay gente fuerte, rígida, que se marca un camino y va por él sin titubeos, con paso firme y sin desviar los ojos de un punto fijo. Son personas que saben lo que quieren, que exponen claramente sus conceptos y no se contradicen nunca; que pueden repetir o firmar lo que dijeron o escribieron años antes, porque para ellas continúa teniendo vigencia.

Si alguien desglosara mi cuaderno y me pidiera que ratificara aisladamente sus páginas, me negaría. No obstante, sí lo haría en su conjunto porque de todos modos, deshilvanado, torpe y hasta contradictorio muchas veces, contiene mis ideas, mis acontecimientos, mis emociones. Puede no interesar a los demás, pero a mí, en su totalidad, me expresa. En cambio, desmembrado, no sólo no me expresa, sino que me desvirtúa y me traiciona, porque cada una de mis verdades deja de serlo si se la priva de su relación con las otras.

Parece que siempre estoy justificándome por escribir lo que unas cuantas páginas más adelante tengo que negar. Es cierto, pero ¿qué puedo hacer?

Mis primeras consideraciones fueron más serias, menos personales. Declaré que no debe escribirse cuando se tiene la conciencia de que no puede uno decir algo importante a los demás. Lo sigo pensando. Pero también es un hecho al que debo enfrentarme, que no obstante mi declaración categórica y sentida, no he podido dejar de escribir.

No puedo vivir únicamente de mis verdades frías, de los conceptos que puedo sintetizar en tres líneas. Tengo que vivir también de mis debilidades, de mis dualidades y admitir que esas tres líneas, lógicas y rectas, que en determinado momento me reflejan fielmente, en otra ocasión no muy distante, o en un estado de ánimo turbulento e intrincado, me resultan escasas o estrechas o dolorosas, sin que por ello dejen de ser verdaderas. Sobre todo, no estoy imponiendo esto a nadie. Estoy diciendo sencillamente, con la misma falta de sentido y de objetivo, pero con el mismo incontrolable impulso y el deleite con los que un niño se asoma al brocal de un hondo pozo, grita su nombre y escucha emocionado que aquella misteriosa oquedad lo repite. No lo grita para alguien, no lo repite alguien; lo grita él mismo, lo escucha él mismo, pero su nombre ha sido lanzado a una profundidad de la que regresa con un tono solemne, telúrico y tan distinto de aquél en que fue pronunciado, que le hace pensar no en que es un eco, sino una respuesta o un llamado sobrenatural. Hace entonces, del negro vacío, un interlocutor, y vuelve a gritar su nombre, y luego frases cada vez más largas, cuya repetición escucha atento y conmovido.

Yo escribo y yo me leo, únicamente yo, pero al hacerlo me siento desdoblado, acompañado. Cuando incurro en contradicciones soy mi interlocutor y oigo sorprendido las respuestas que surgen de mi profundidad más íntima, de esa zona de mí mismo de la cual yo no tenía conciencia y que se hace presente cuando es tocada por una declaración o por un propósito míos que esa parte de mí rechaza o no puede cumplir.

Mis promesas rotas, mis cambios de opinión, mis dualidades emotivas, todas mis contradicciones parecen menos graves cuando simplemente las pienso o las hablo. La expresión oral y el pensamiento tienen una esencia efímera que no compromete. Lo que da una impresión de informalidad e inconsistencia es la frecuente rectificación de los conceptos que se consignan por escrito, como supuesto fruto de largas y concienzudas meditaciones, o la de una verdad que nos parece incontrovertible y que afirmamos como tal, con igual firmeza que unos días después afirmaremos otra que niega la anterior.

Por eso y aún a riesgo de parecer inconstante, tengo que rectificar lo que escribí hace apenas dos o tres semanas.

Tampoco Lorenzo puede acompañarme. No quiero que conozca sólo mi cuaderno. Es un libro, mi libro, lo que me gustaría poner en sus manos, orgulloso. Lo sentí claramente cuando me dijo en secreto durante una fiestecita que le hicimos antier para celebrar sus ocho años:

—Papá, inventa algo, porque le dije a los otros niños que tú eras mago.

La sorpresa me hizo reaccionar con una gran incomprensión, hasta con impaciencia:

—¿Qué quieres que invente? Yo no soy mago.

Se me quedó viendo atónito:

—¡¿No?!

Los ojos de mi hijo y su monosílabo interrogante, que eran una mezcla de asombro, de incredulidad, de decepción, de dolor, de no sé qué, me produjeron una conmoción indescriptible y una sensación de agradecimiento que casi me dolía de tan intensa.

Mi hijo me creía poderoso y provocaba que otros niños esperaran de mí algo excepcional.

Lo hice, naturalmente. Nunca he visto a Lorenzo más contento.

La casa quedó en completo desorden. Todos los utensilios de cocina fueron trasladados a la sala para organizar la orquesta más desesperantemente ruidosa de que se pueda tener idea. Un colchón, pese a las protestas de mi mujer, fue arrastrado hasta la azotehuela para efectuar sin peligro varios números de acrobacia con los que, por cierto, volví a sentir esa molestísima arritmia que hacía tiempo no me daba. Confeccioné para Lorenzo, hurgando en todos los cajones y echando mano de cuanto podía servir, seis disfraces distintos que causaron la admiración de sus amigos y que a él lo hicieron sentirse el personaje más importante del mundo. Dejé constituida y funcionando la "Banda de los Tigres", e impuse a cada niño su grado, su apodo y su tarea. Lorenzo, por ser el que cumplía años, fue designado Tigre Supremo y adoptó de inmediato un gesto de mando, suave pero firme, que me sorprendió y me agradó mucho.

Yo estaba seguro de que, al quedarnos solos, me abrazaría y me daría las gracias por no haberlo hecho quedar mal. Después comprendí que si hubiera actuado en esa forma, lo habría destruido todo. Para él yo no había simulado que era un mago. Yo era un mago y él no tenía por qué agradecérmelo. Ni me abrazó ni hizo alusión alguna a mi esfuerzo y a mi éxito. Se limitó a preguntarme que cuánto faltaba para que fuera otra vez su cumpleaños y a darme las buenas noches con el fiero además que yo le sugerí para que se identificara con los demás "tigres" de la Banda. Y muy digno, muy solemne, caminando con estudiada lentitud, se fue a su cuarto.

Yo me quedé pensando profundamente en él. ¡Es un niño tan tenue, tan silencioso, tan imaginativo! Sabe jugar, y contar cuentos, y quedarse callado ante los insectos y tener los ojos abiertos en la oscuridad. No le gustan los juguetes comunes; prefiere esos objetos vagos que él puede transformar a su antojo, con sólo afirmarlo. Su creación más extraordinaria es un tubo de lámina, pintado de blanco, del que informa con absoluta naturalidad que de día es su amigo y se llama Riqui, y de noche es su hermano y se llama Micaelo García. Cuando hace algún tiempo le pregunté la razón de esa dualidad, me contestó que si Riqui no se volviera Micaelo tendría que irse todas las noches a dormir a su casa. ¡Y que como lo quería tánto...!

Lorenzo, tú sí que eres mago.

No, no sería justo defraudar a mi hijo con estas páginas en las que sólo he podido anotar mi fracaso; con este cuaderno que no es nada o, si acaso, el camino, la esperanza hacia el otro que aún permanece en blanco. Tampoco Lorenzo puede ser mi testigo. No quiero compartir con nadie mi trayecto áspero; siento que este dolor, esta especie de asfixia, esta desesperada sensación de encontrarme siempre en el mismo sitio, sólo a mí me pertenecen y sólo yo debo sufrirlos. No quiero disminuir su peso ni compartir mi fatiga de soportarlo. Tal vez eso sea, en toda mi vida, lo único mío, definitivamente mío. La compañía, el estímulo, no pueden recibirse, ni siquiera desearse, en ese profundo momento en que algo, no se sabe qué, está ocurriendo dentro del hombre que trata de expresarse. Y cada palabra de mi cuaderno representa uno de esos momentos indescriptibles. Si Lorenzo lo leyera algún día, ¿podría comprender esto? ¿Podría ver en él todo lo que no digo y todo el dolor que me causa el no poder decirlo? Está vacío, lo sé muy bien, no dice nada. Pero yo sé, yo únicamente, que ese vacío está lleno de mí mismo. Esto no lo puedo explicar en otra forma y es imposible exigir o esperar que alguien escuche lo que no he podido decir nunca, a pesar de mis esfuerzos.

No, no puedo dejarle a Lorenzo este cuaderno inútil, esta nada. Bastó un acontecimiento mínimo para convencerme de que no es posible. Esto me hizo entender que un suceso, una pregunta, una meditación, puede modificar las que suponíamos firmes conclusiones, y que la única verdad es la que resulta de todas a las que vamos llegando durante nuestra vida. Es decir, que nada es fijo ni permanece inmóvil en el trémulo corazón del hombre.

Estos momentos son desesperantes. Estos en que me pregunto: ¿pero es posible que no pueda escribir nada, absolutamente nada? Ya he aceptado que no encuentro un tema general, que no puedo hilvanar un relato más o menos completo. Pero me parece demasiado no tener a qué referirme cuando durante tantas horas he estado esperando ansiosamente el instante de ponerme a escribir. ¿Cómo podría curarme esta obsesión que cada día es más fija, más vehemente, y cada noche más fracasada?

Desde hace rato mi mujer duerme tranquila. Hizo todo lo que hoy le correspondía hacer. Lo de mañana pertenece a mañana y también quedará cumplido.

Nuestros vecinos han apagado las luces de sus cuartos. Los conozco a todos, tienen problemas, algunos bastante graves. Pero duermen. Yo, de momento, no los tengo. Lorenzo ha estado mejor en los últimos meses, mi mujer hace milagros con el dinero, mi empleo es seguro. Podría descansar tranquilo y colocar en cada día la tarea que a cada día corresponde. ¿Por qué me acuesto siempre con la sensación de que no debería hacerlo aún, de que algo faltó, de que a la mañana siguiente tendré dentro de mí, acumulado, lo que dejé de hacer el día anterior? Si, como me ocurre con frecuencia, dejo de escribir durante varias noches, por cansancio, por sueño, porque llega una visita, por cualquier cosa imprevista, siento igual que cuando no he podido pagar a tiempo una deuda y vienen a cobrarme insistentemente. En esas ocasiones, por lo menos puedo poner un pretexto o solicitar un nuevo plazo. Pero en esto de escribir, ¿quién me obliga, a quién tengo que rendir cuentas, con quién me he comprometido? Ni siquiera conmigo mismo, porque jamás he estado conforme con hacerlo. Lo entendería si fuera yo como esos artistas que saben y sienten que sobre todo lo demás, siempre, en cualquier circunstancia, está su obligación y su placer de expresarse. Pero yo no soy un artista. Si realmente lo fuera tendría dentro de mí la certeza, aunque tal vez por modestia no la exteriorizara. Mi mujer, mis hijos, mi trabajo, no serían el centro de mi vida, sino el contorno, la línea tenue que la enmarcara, pero no el marco rígido e inalterable. El artista es un ser distinto, vulnerable, asombrado, trémulo, herido de nacimiento y por vida, difícilmente incorporable a la realidad diaria. Claro que existe el que de esa realidad extrae sus mejores elementos. Pero el notarla tanto como para poder manejarla y convertirla en obra de arte, es la mejor demostración de que no ha podido incorporarse a ella, de que no ha sido devorado por ella. La describe con tal verdad que es como si le arrancara un trozo. Lo que tiene de distinto es lo que sólo el gran artista logra: que esa realidad la *conocemos* de siempre y, no obstante, la *notamos* por primera vez.

En este momento comprendo perfectamente que una persona obsesionada por la necesidad de hacer algo determinado, y presa en las obligaciones de un empleo, de una familia, abandone todo para siempre. ¡Estoy tan harto, tan cansado de esta vida estúpida! No tengo tiempo ni calma para hacer nada distinto. Me vuelvo loco entre tantos días exactos, cortados como por un molde. Siento como sí me arrancaran un pedazo de mí mismo cada vez que

Rafael Acosta, que tiene sobre su escritorio un calendario de hojas movibles, desprende la correspondiente a la fecha. Un día más de trabajo; un día menos de vida. Mejor. A veces me dan ganas de morirme para no ver a mi compañero arrancar la hoja del calendario. Después pienso que aunque yo no lo vea, el acto se repetirá un día y otro y otro, y que lo importante no soy yo, sino el acto mismo y el hecho de que exista siempre un hombre prisionero que lo ejecuta.

¡Irme, irme lejos! ¡Si pudiera hacerlo! Una noche cualquiera anuncio que voy a salir un rato y no regreso jamás. O mejor, para que no me busquen, dejo una carta en sitio visible, en la que explico mi absoluta necesidad de aislarme para poderme dedicar por entero a escribir un libro importante. Ruego a mi mujer que me comprenda, me perdone, explique a mis hijos, no me ponga obstáculos...

Me voy. Soy libre. He tenido el cuidado de dejar en mi casa las credenciales de identificación, el reloj, los retratos que siempre llevo en la cartera. Apenas salga de mi barrio, donde todos me conocen, puedo, si quiero, convertirme en otro hombre, dar señas falsas en los hoteles, oírme llamar señor Rodríguez, o señor

López, en lugar del gastado señor García. Parece que resulta igual, que no hay diferencia. Para mí sí la hay. Tengo ganas de estrenar cosas: nombre, un pantalón de pana, una mujer desconocida, una cantina, un bastón de nudos, una playa solitaria junto a un mar hosco y bravío.

Sí, me instalaría en un pequeño puerto, en una casa muy modesta que quedara cerca de la playa y desde la que pudiera oírse el mar. Sólo necesito una cama, una silla y una mesa muy grande. Compraría doce cuadernos gruesos, pero antes de encerrarme a escribir estaría una semana entera vagando sin rumbo, sin prisa, acostumbrándome a la libertad. Pasaría las noches en la playa mirando el mar, el cielo, el amplio horizonte; hundiría las manos en la arena húmeda, nadaría desnudo en ese mar agitado y negro de la medianoche. En las madrugadas ayudaría a los pescadores a lanzar las redes y luego a tenderlas al sol y a separar los pescados por tamaños. En el mediodía quemante iría con ellos a la cantina, tomaría aguardiente y hablaríamos. Sin duda me preguntarían si iba a quedarme allí y cuál era mi oficio. Y yo, por primera vez en mi vida, contestaría en voz alta, bastante alta para que me oyeran todos:

—Soy escritor. Estoy haciendo un libro y necesito tranquilidad. Voy a quedarme aquí hasta que lo termine.

La expresión de ellos cambiaría inmediatamente, me mirarían con respeto y se sentirían halagados de que hubiera escogido su puerto lejano e ignorado. Tal vez uno de ellos lo expresaría a nombre de los demás. Y yo invitaría una botella y todos brindaríamos por mi libro.

Por fin me encerraría a escribirlo. Esa primera noche en mi nueva casa, dormiría profundamente, agotado por una semana de libertad y de olvido. Despierto en la mañana, bastante tarde. Abro los ojos, miro en torno mío. ¿Estoy soñando? Dentro de unos momentos tendré que oir:

—Hijo, se te va a hacer tarde.

Siento como un golpe en el pecho. De pronto todo se ordena en mi mente. No, ya no se me va a hacer tarde nunca. Soy dueño de mi tiempo, soy mi propio dueño. Me levantaré y sólo tendré que caminar unos pasos y sentarme ante la mesa donde me esperan doce cuadernos nuevos. Nadie me va a interrumpir.

Puedo, si quiero, escribir todo el día, dos, tres días seguidos. Cuando me canse iré a la playa y tendido en la arena pasaré toda la noche. O me iré a la cantina con mis amigos pescadores, quienes al verme llegar me preguntarán por mi libro con gran interés.

Tengo que darme cuenta. Soy un hombre libre, un hombre sin reloj, sin calendario, sin medida. Puedo hacer lo que quiera. ¿Quién va a impedírmelo? No será mi mujer, que ha quedado tan lejos y que precisamente en este momento —¿qué hora será?— estará preparando la comida de los muchachos. Una comida muy sencilla, ya no tiene que esforzarse en quedar bien conmigo. Habrá hecho arroz y huevos..., no, le hacen daño a Lorenzo. Bueno, que haga lo que quiera; no voy a pensar en esas tonterías. Mi mujer es fuerte, decidida, siempre ha resuelto todos los problemas. Ya encontrará algún medio que le permita sostener la casa. Además, José puede ayudarle; muchos muchachos estudian y trabajan en las horas libres. Cierto que el mío no es muy responsable y, si empieza a ganar dinero desde tan joven, seguramente perderá interés por su carrera. Tendría yo que evitar esto en alguna forma, porque no quiero ser culpable de que

José no se prepare convenientemente para luchar en la vida. Tal vez podría yo escribir algunos artículos o cuentos cortos para periódicos de provincia, que no son muy exigentes. O dar clase de aritmética a los niños del puerto; o alguna otra cosa que me proporcionara cierta cantidad mensualmente. Por conducto de Pepe Varela y recomendándole que no dijera de qué sitio le enviaba el dinero, lo haría llegar a mi mujer para ayudarla. Claro que no podría ser gran cosa. ¿Y si ella, a pesar de sus esfuerzos, no pudiera conseguir algo? Es una buena ama de casa, pero nada más. Tendría que emplearse como administradora de algún hotel o de un sanatorio. Pero entonces estaría ausente durante la mayor parte del día. ¿Y si Lorenzo se enfermara? Por lo general llega de la escuela nervioso, no se adapta fácilmente a la compañía de los niños; le cuesta trabajo poner atención en las clases y eso lo agota y lo excita. Se encontraría solo, se volvería más taciturno. He notado —o será que lo quiero tanto y nos entendemos tan bien— que cuando llego a la casa se ruboriza. No dice nada; espera a que salude a su madre, a que me quite el saco, me ponga las pantuflas, me lave las manos. El continúa en lo que está haciendo o me sigue a distancia. Cuando lo considera oportuno se me acerca; sabe que voy a acariciarle la barba o a levantarlo hasta la altura de mi cabeza para besarlo y preguntarle siempre lo mismo:

—¿Ya hiciste tu tarea?

Y yo sé que él me va a contestar lo de siempre:

—"Nomás" me faltan las sumas.

O las restas, o las multiplicaciones. Como está enterado de que trabajo en números, ha decidido que la tarea de aritmética debo hacerla yo. Y de seguro para provocar mi cercanía y sentir que le dedico a él exclusivamente una parte de mi tiempo, finge con gran astucia una torpeza impresionante. Yo finjo creérsela y le regaño: "cabeza de palo", "pedazo de burro'", "niño de alcornoque", "piedra con sombrero". Y él se muere de risa.

No puedo seguir. No quiero pensar ahora en estas cosas. Al contrario, necesito olvidarlas. Si algún día pudiera irme y vivir solo y libre, tendría que escribir sin tregua, hasta despedazarme, hasta sentir que me estallaba la cabeza. Unicamente así podría ahuyentar los recuerdos y soportar la soledad. Me gusta imaginar que soy libre pero, al mismo tiempo, sólo de imaginarlo, algo se rompe dentro de mí. Estoy tan atado, tan fuertemente unido a mi mujer y a mis hijos, que ya no siento mis propios linderos. Es verdad que cada uno tiene su vida propia y su destino y su soledad; que algún día ellos se irán y con su mujer y sus hijos formarán ese apretado nudo que yo siento ahora. Pero es que ese nudo únicamente puede ser desatado por lo natural, por lo inexorable, como son el instinto y la muerte.

Escribo esto, tan rotundo, y pienso que si un artista lo leyera me diría que el arte es tan natural e inexorable como la muerte y el instinto. ¿Qué podría contestarle? Si yo, que no soy un artista verdadero, que sólo siento esta imperiosa necesidad de escribir, estoy imaginando desde hace varias horas la forma en que podría abandonar a mi familia y hundirme para siempre en mis cuadernos, ¿cómo podría refutar el argumento de un hombre para quien el arte es la vida y la muerte? No, no podría hacerlo. Si acaso le diría que el arte, la vida y la muerte son el hombre mismo y su relación con los demás, y que el artista es aquel que nace con todos los signos del hombre y uno más que lo distingue y lo obliga.

Algunos darán preponderancia extrema a ese solo signo, mutilarán los restantes, dolorosamente, y elegirán la soledad para entregarse a él por entero; otros le encontrarán sitio y expresión en el centro de su vida; otros más no podrán salvarlo y lo verán ahogarse en las circunstancias de una existencia ardua y oscura; otros, incluso, lo sentirán dentro sólo como una extraña angustia y no sabrán reconocerlo.

De mí, ¿qué podría decir? Nada, no sé, no sé lo que me pasa. Pero en este instante, después de haber imaginado una libertad que tal vez me permitiría escribir, que es una forma de expresarme, pero que me impediría vivir mi realidad diaria y entrañable, que es otra esencial forma de expresión, sé que antes que escritor, suponiendo que llegara a serlo, soy lo que he sido y seré siempre: un hombre que necesita escribir y vivir encerrado en su cárcel natural e intransferible.

Necesito dejar de fumar tanto o procurar dormir un poco más. Estoy perdiendo la memoria, me distraigo, mi trabajo cada día me cuesta mayor esfuerzo. El solo hecho de abandonar una o dos semanas mi cuaderno me hace olvidar lo que he escrito. Todo me resulta deshilvanado y anárquico.

Digo esto porque hace algunas noches, releyendo unas páginas, me avergoncé ante aquellas en que prometo formalmente no escribir durante seis meses. Después, como si nunca me hubiera comprometido, empecé a hablar de mis hijos y luego a relatar hechos pasados, tan lejanos ya, que no justifican la violación de mi formal promesa. Y es que, en realidad, la olvidé. Esta es la verdad. Lo que no sé es si deliberadamente hice referencia a aquella relación de José con Margarita, para que el acto de escribir pareciera un interés por mi hijo y no una necesidad de seguir escribiendo. Luego, ya otra vez en la deleitosa pendiente, conté esa larga historia de Lupe Robles que, por cierto, al releerla, me ha hecho daño.

No sé, pero mientras la escribía, y aunque en alguna parte diga lo contrario, me sentí desligado totalmente de la situación. Me limité a narrarla, como si el personaje no fuera yo mismo. Fue al leerla cuando sentí que todo eso me había ocurrido a mí, que era yo el que había permanecido a su lado durante dos años y el que había sufrido hondamente su ausencia. Sobre todo, sentí que esa mujer existía aún y que, en realidad, no la había yo olvidado por completo.

Sólo así puedo explicar el vehemente deseo de verla que de pronto surgió en mí. Pensé, incluso, en ir a buscarla, pero antes, y esto me salvó de hacerlo, jugué un poco con la idea e imaginé la escena.

Sólo han pasado tres años desde que la dejé. Claro que a muchas gentes, en ese lapso, les suceden muchas cosas; pero como a mí, en cincuenta y seis años me han ocurrido tan pocas, es natural que suponga que en tres a nadie puede cambiarle radicalmente la vida.

Pensé, pues, que ella llevaría la de siempre y que sería fácil llegar a su casa, tocar el timbre dos veces, como era mi costumbre, y escuchar el taconeo de esos incómodos zapatos altos que usaba a todas horas. Pensé que mientras lo oía y hasta que la puerta se abriera, el corazón me latiría apresuradamente y que en el momento en que nos enfrentáramos ella iba a notar mi intensa palidez.

Hasta allí me fue fácil imaginar, pero después, curiosamente, no pude seguir el juego. Yo sé muy bien lo que me diría mi mujer si volviera después de tres años de ausencia y cualquiera que hubiera sido el motivo de ésta:

—¡Gracias a Dios!

Entraría yo a mi casa y lo demás llegaría con naturalidad, por sí mismo.

En cambio, no puedo saber, imaginar siquiera, lo que Lupe diría si yo regresara después de tanto tiempo. Iguales probabilidades existen de que saltara a mi cuello dando exageradas muestras de alegría, o de que me lanzara un insolente "¡qué demonios vienes a hacer aquí!" Todo es posible. Y es que la acogida no sería el resultado de su verdadero sentimiento ni el de la emoción de ese instante preciso, sino el de sus circunstancias. Si había otro hombre, me recibiría altanera y segura; si no lo había, jubilosa y expresiva.

Esta falta de orientación, esta imposibilidad de deslindar y escoger los elementos que funcionarían en la escena del regreso; este no poder inclinarme ni al franco dramatismo, ni a la ahogada emoción, ni a la abierta frivolidad, me impidieron jugar con la idea y, por tanto, aferrarme a ella. Se diluyó en otras meditaciones y no me atormentó más. Eso está liquidado.

Mi vida se desliza tranquila. Yo la agito a veces, ¿artificialmente?, con esta lucha entre el escribir y el no escribir. En ocasiones pienso que el hacerlo proviene de que es el único medio del que dispongo para no olvidarme de mí mismo por completo; que tal vez mi empeño en consignar los sucesos más importantes de mi vida, tenga por objeto reconciliarme un poco con ella y descubrir que no ha sido tan mediocre.

Porque es verdad que no he triunfado en nada, que no he sido nunca un hombre importante ni he gozado de prosperidad; que no he cometido ningún acto heroico ni he sido citado jamás en ningún periódico, ni para bien ni para mal; que nadie se fijaría en mi para desempeñar un puesto de más alta responsabilidad ni para una representación política; que tampoco a nadie se le ocurriría proponer tomara yo parte en un acto delictuoso o por lo menos que lo encubriera. En fin, mi nombre no podría subrayarse nunca. Está destinado a figurar solamente, con traquilizadora periodicidad, en una nómina de empleados.

Eso es lo que se llama, sin atenuantes, ser un mediocre.

Y bien, lo acepto. Lo que quiero decir es que a veces, muy dentro de mí, y no sé si para consolarme, siento que el mediocre puede ser también un triunfador, si por triunfo entendemos no sólo la brillante apariencia, la fama o la prosperidad, sino la paz íntima y la falta de avidez por los elementos estridentes que dan un suntuoso contorno a la existencia. Me refiero al hombre medio, que se sabe medio y que acepta con humildad su dimensión. Yo he conocido a algunos y me parece que viven con gran dignidad y tersura.

Pero esta deducción no puede servirme. Yo no acepto mi medida humildemente. Dentro de mí siempre estoy despreciándola o sustituyéndola por otra que acuse rasgos sobresalientes. Me ocurre con mucha frecuencia, casi podría decir que con una reiteración alarmante. Más claro, más sincero: me gusta jugar al héroe. Y para hacerlo utilizo circunstancias muy variadas. El resultado es el mismo que, más limpia y directamente, obtiene Lorencito cuando se coloca tres plumas en la cabeza y declara con énfasis, seguro de su transformación:

—¡Soy un piel roja!

Igual. Pero yo, pobre adulto, tengo que recorrer otros caminos para llegar a mis personajes. Por ejemplo: ya he dicho que soy muy propenso a la gripe; me ataca agudamente y me produce fiebre durante dos o tres días. Pues bien, cuando la estoy padeciendo y me duele la cabeza y tengo los ojos irritados, es cuando se me ocurre decirle a mi mujer, ya tarde, en la noche:

—Voy a mi despacho. Quiero escribir un rato.

De antemano sé su respuesta:

—Lo que necesitas es dormir y no meterte a ese cuarto helado, a perder el tiempo.

Al oírla, automáticamente se produce la situación que deseo: discuto, ella trata de hacerme entrar en razón, me obstino, logro mi propósito, me meto al cuarto, cierro con llave y principia dentro de mí el juego: soy un artista incomprendido que, venciendo todos los obstáculos, llega a su cuaderno con ánimo heroico.

Como es lógico, no puedo empezar a escribir inmediatamente. Entonces me concentro e imagino condiciones miserables, circunstancias dramáticas, melodramáticas más bien: que si estoy gravemente enfermo, que si habito en una fría bohardilla en un viejo barrio de París; que si tengo que luchar enconadamente contra la hostilidad y la pobreza para escribir un libro que algún día será famoso...

Todo para conservar el ánimo heroico que, por instantes y dentro de mi ambiente real, me va abandonando.

Pasa un rato. Trato de empezar. No puedo, esa es la verdad. Tenía razón mi mujer. Me estoy helando en este maldito cuarto, me duele la cabeza horriblemente, me arden los ojos, y lo único que anhelo es meterme a la cama que ya su cuerpo habrá entibiado. Sólo me detiene el pensamiento de que aún estará despierta y me recibirá, aunque al mismo tiempo me abrace maternalmente para darme calor, con su despiadado razonamiento:

—Ya sabía que no ibas a poder quedarte allí. Pero siempre has de hacer tu capricho...

Todavía trato de defenderme un poco:

—¡Tú no entiendes!...

—¡Lo que entiendo es que estás enfermo y que mañana vas a amanecer peor! Tápate bien y procura dormirte.

Y así, bajo dos cobijas raídas y decoloradas y bajo una frase cortante pero amorosa, desaparece el bello juego del artista incomprendido que, en realidad, lo que necesita es dormir.

No sé, es una especie de manía. O tal vez es una necesidad de transformar las cosas y a mí mismo. Sé que es ridículo hablar de esto, pero a veces, cuando me estoy bañando, el grueso chorro de agua que me golpea la cara me hace pensar en tempestades, en mares embravecidos. Mi imaginación se desorbita al grado de que se me olvida que soy un empleado que tiene que llegar a hora fija y dispone de unos cuantos minutos para darse un regaderazo, y me sustituyo por un intrépido capitán que, timoneando con gran pericia y arrojo su barco, logra salvarlo de la furiosa embestida de las olas. Soñando en estas absurdas hazañas, permanezco en el baño más tiempo del que acostumbro.

De pronto el juego queda roto por la voz de mi mujer, que me apremia:

—¿Piensas estarte ahí todo el día? Vas a llegar tarde.

Prefiero no hablar de la vergüenza que siento cuando esto ocurre y regreso bruscamente a la realidad de nuestra tina deteriorada, del oxidado tubo de la regadera, de mi toalla que todavía conserva restos de aquella gran inicial que le bordó mi mujer, y, sobre todo, de mi cuerpo endeble, incapaz de ninguna proeza.

En la oficina logro dominar estas tonterías. Cierto que el ambiente no es muy propicio y que, además, cualquier suma mal hecha e inadvertida puede costarme dinero o largas horas de trabajo adicional. Pero en la casa o en la calle cualquier incidente me sirve de huida durante un buen rato. Si me duele una pierna y me recuesto para inmovilizarla y atenuar la molestia, cierro los ojos y pienso que la tengo atravesada por las balas que recibí en campaña, en una acción que salvó la vida a varios camaradas. Ahora estoy sufriendo en un hospital, mi familia ignora mi paradero, tal vez muera, pero algún día se conocerá mi hazaña y comentarán:

—¡Quién lo hubiera creído. Parecía incapaz de un acto así!

Una tarde, hace dos o tres semanas, estaba yo tendido en el sofá, imaginando cosas, jugando al héroe. Mi mujer me preguntó de improviso:

—¿En qué piensas?

—En nada.

—No es cierto. Tenías una cara... ¡Dímelo!

Hice mal en confiarme: en ese momento, exponiendo la vida, yo acababa de salvar de las llamas a dos niños.

Mi mujer se rió:

—¿Y no pensaste en los tuyos, que pudieron quedarse huérfanos?

Le conté todo: No existían. Yo acababa de fugarme de la cárcel. Hacía dos años que estaba encerrado en una mazmorra por cuestiones políticas. Era el jefe de un grupo rebelde que se había enfrentado al tirano.

—Pero José, ¿no te da vergüenza... a tu edad?

—Sí.

—Estás peor que Lorenzo...

—Sí.

Le pregunté, por decir algo, si ella nunca soñaba.

—A veces. Pero siempre con cosas que puedan convertirse en realidad.

¡Ahora sí me interesaba su respuesta!

—¿Y crees que nunca podría yo salvar de las llamas a dos niños, o ser perseguido por ideales políticos?

—No, hijo. Ya tu tiempo pasó.

Deduje que ella, si no hubiera pasado mi tiempo, me consideraría capaz de realizar proezas de ese tipo. O sea, que en alguna época fui capaz, que pude haberlo hecho. No lo hice porque no hubo ocasión, porque el tiempo fue pasando, pero no porque estuviera yo incapacitado esencialmente. La mejor prueba de ello —deduje también— es que dentro de mí ha quedado vivo ese personaje heroico, y que mi imaginación está siempre al servicio de sus variadas y múltiples hazañas.

No puedo hacer nada para que éstas se conviertan en realidad, por eso, porque el tiempo ya pasó. Antes, cuando aún no pasaba, yo no sabía que pasa tan rápidamente que ni siquiera lo sentimos, ni que después, cuando empezamos a notar su paso, es que ha pasado ya.

Es muy difícil, realmente. Queda uno atrapado por los acontecimientos del corazón, del instinto, de la esperanza; luego por los deberes, por la casa, por los hijos. No sabe uno, no siente cuál es el día exacto en que debe poner una marca o hacer un tajo hondo y cambiar el rumbo, pese a todos los vientos.

¿Cómo iba yo a saber que la acumulación de esos "mañana" que ni siquiera distinguía, y que sin notarlo ya eran "hoy" y "ayer", harían pasar no sólo el tiempo, sino mi tiempo, el único mío?

¿Quién va a vigilar el tiempo y a medirlo entre esa serie de sucesos cotidianos, de tiernos proyectos, de deberes inaplazables, de fechas tristes, de otras ansiosamente esperadas, de otras perdidas en otras y en otras más, iguales siempre, que forman la vida del hombre común?

¿Cómo iba yo a pensar en la trascendencia y el peligro del paso del tiempo, cuando un día de febrero exclamaba abrazando a mi mujer: "¡En octubre, antes de que nazca el niño, nos cambiamos a una casa más grande, que tenga sol!"?

¡Nueve meses, nueve meses de mi propia vida, que para mí no significaban más que la espera de mi hijo y la oportunidad de instalarlo en una casa amplia y asoleada! Si entonces pensaba en el tiempo, así, como concepto aislado e inexorable, era sólo para desear que pasara rápidamente.

Y después igual: que pasara rápidamente para que el niño creciera; que pasara cuanto antes para acumular más años de servicio y tener derecho a mejor sueldo; que pasara de prisa cuando mi mujer sufrió tanto con su segundo embarazo; que pasen los meses para que acabemos de pagar las deudas pendientes; que pase, que pase el tiempo para que Lorenzo salga al fin de tantas enfermedades de infancia.

Y así, deseando que pase el tiempo para que pasen también los problemas diarios que nos agobian, nos encontramos un día con que ha pasado nuestro tiempo.

Y que al margen han quedado, intactos, sin edad, nuestra bohardilla en París, nuestro libro famoso, nuestro barco en plena tempestad, nuestra proeza en el campo de batalla..., nuestro nombre.

Somos unos mediocres. No pudimos evitarlo o no tuvimos con qué evitarlo. No fuimos dotados con los elementos o los talentos que no pueden frustrarse. Los nuestros, mínimos, comunes, se hundieron en el tiempo y no serán notados ni comentados jamás.

Algunos, como yo, tal vez se den cuenta de ello y lo lamenten secretamente en las páginas de un cuaderno. Otros, tal vez no tengan ni tiempo de notar que su tiempo pasó ya. Pero estoy seguro de que, igual que yo, sin poderlo evitar, miles de ellos cierran los ojos, se olvidan de su familia, de su trabajo, de sus enfermedades, de su edad, y realizan con la imaginación esas magníficas proezas de que aún se creen capaces. Cualquier cosa, el llanto de un niño, el sonido de un reloj, el ruido de un plato al caer, el golpe de una puerta, una voz conocida, cualquier cosa los reintegrará a su realidad espesa y gris. Pero hallarán siempre nuevos momentos para evadirse, para jugar al héroe, y prender en su propio pecho, en una secretísima ceremonia a la que sólo asisten ellos mismos, acompañados de esos otros que hubieran querido ser, la medalla que les permite subrayar su nombre y abandonar la fila.

Esa larga, interminable fila uniformada, de la que sólo podemos salir para entrar a otra, más anónima, más abstracta aún: la también interminable de los muertos que únicamente seremos recordados, algún tiempo, por cuatro o cinco parientes que vivirán unos cuantos años más que nosotros. Después nadie. Nada. Ni un pensamiento casual, ni una huella en ninguna memoria. ¡Nada!

Pero, ¿es que puede vivirse, es que puede morirse así?

Y como único desahogo este cuaderno subterráneo, vergonzante, que alguna vez pensé que podría transformarse en un libro y en el que escribo algunas noches, cuando no estoy rendido por esas tareas y esas preocupaciones en las que se me fue mi tiempo, para siempre.

Ya debe ser muy tarde, porque mi mujer ha encendido la luz. En su forma de avisarme que se despertó y que debo irme a dormir. No tengo sueño. Quiero seguir escribiendo. Mejor dicho, empezar a escribir, porque esta noche el tiempo se me ha ido en fantasías, en divagaciones, en recuerdos. No es así, lo sé perfectamente. Si encontrara una primera frase, fuerte, precisa, impresionante, tal vez la segunda me sería más fácil y la tercera vendría por sí misma. El verdadero problema está en el arranque, en el punto de partida.

Esa luz, ¡qué fastidio! En fin, voy a acostarme y a seguir pensando. Tengo que encontrar esa primera frase. Tengo que encontrarla.

Este libro se terminó de imprimir
el 5 de junio de 1986 en los
talleres de Lito Ediciones Olimpia,
Sevilla 109, 03300 México, D. F.
Se encuadernó en encuadernación
Progreso, municipio Libre 188,
03300 México, D. F. El tiro fue de
30 mil ejemplares.

Diseño y fotografía de la portada:
Solar / Rafael López Castro.